Isabella Feimer

Trophäen

Roman

ISABELLA FEIMER

Trophäen

Roman

braumüller

Bibliografische Information der Deutschen Nationalbibliothek
Die Deutsche Nationalbibliothek verzeichnet diese Publikation in der Deutschen Nationalbibliografie; detaillierte bibliografische Daten sind im Internet über http://dnb.d-nb.de abrufbar.

Printed in Austria

1. Auflage 2015

Servitengasse 5, A-1090 Wien
www.braumueller.at

Coverzeichnung: © Ingolf Ortner
Druck: Druckerei Theiss GmbH, A-9431 St. Stefan im Lavanttal
ISBN 978-3-99200-143-9

The bird of wonder dies,
the maiden Phoenix,
her ashes new
create another heir.

William Shakespeare

The cave you fear to enter
holds the treasure you seek.

Joseph Campbell

1

Im Erwachen ein leiser Schrei,
es ist ihr eigener, den sie der Dunkelheit schickt, dem fremden Zimmer, das sie umgibt und dessen Konturen erst nach und nach erkennbar sind, ein Regal, ein Tisch, ein Hocker, kein Fenster auszumachen, keine Gegenstände, schmuckloses Holz, und das Bett, auf dem sie liegt, ist hart und ohne Überzug,
sie weiß nicht, ob es Tag ist oder Nacht und wie lange sie geschlafen hat, ahnt, wo sie ist und wie sie hierhergekommen,
Ahnung, die Erwartung weckt,
Stille in ihr, seit Wochen nicht gespürt, ist ihr vertraut und erinnert sie an ein Früher,
ihr Atem flach, und sie bewegt sich nicht, Staub, der sich angesammelt hat, kratzt in ihrer Kehle, ihr Oberschenkel schmerzt vom Sturz, von der Ohnmacht, die dem Sturz folgte, und dem Schwindel, einem Fieber gleich, der dem Sturz vorangegangen war,

ihre Hand an der Mauer abgestützt,
ein Stück abgebröckelt,
zu ihren Füßen der Verputz,
das Grau einer Stadt im Dämmerlicht, einer anbrechenden Nacht, kalt in den Gliedern sitzend, einer engen Gasse, die sich um sie schloss,
ich wollte mich nähern, ihn riechen, vielleicht in einem Zufall ihn ein erstes Mal berühren,
dann kam dieses Fieber, das aus ihr brannte, und im dunklen Nichts, in dem sie gefangen war, eine Erinnerung an etwas Zukünftiges,
verschwommen,
er und dieses Glücksgefühl.

Schritte nähern sich, schleichende Schritte von Sohlen, die sich kaum vom Boden heben,
sie setzt sich auf, hält in der Bewegung inne,
warten,
sonst nichts,
vorsichtig lehnt sie sich an die Wand, die an ihrem Nacken reibt,
Atem, der nicht gehört werden will,
Atem aufeinander abgestimmt,
dann ist der Raum, jener draußen und jener, der dieses Zimmer ist,

und noch kein gemeinsamer,
zurück in einer Stille, allzu lange Stille, bis es endlich klopft, und dieses Etwas, das sie zu ihm führte, spürbar, noch bevor er den Raum betritt, kriecht durchs Schlüsselloch und lässt es sie schnuppern, in sich atmen wie betörenden Blütenduft,
Unsichtbares darf nicht sichtbar sein, wird es sichtbar, verliere ich die Angst davor,
die Klinke lautlos, schwaches Licht im Türspalt, und er ein Schatten, groß und schmal, der sich in das Zimmer drängt.

Stell dir vor, sagt er nach einer Weile, dass Bäume auf den Kopf gestellt aus den Wolken wachsen, graue Wolken, regenlos, und dass es weder Licht noch Schatten gibt, und Angst ist eine belächelte Erinnerung, weil das Unerwartete, das Außergewöhnliche längst Gewohnheit ist,
schön, sagt sie leise, verkehrte Welt,
schön, ja, sagt er näher kommend, auch grausam kann sie sein, und seine Worte sind mit Bedacht gesprochen, die Stimme ist klar und weniger dunkel, als in ihren Träumen gehört, nichts Raues, nur sein Gesicht zeigt Spuren eines Lebens, das gelebt,
und jetzt?, will sie fragen, auch wie lange sie geschla-

fen hat, doch tut es nicht, wartet, bis er sich an den Bettrand setzt,
Jasmingeruch,
und Kirschtabak,
hast nicht lange geschlafen, sagt er, eine Stunde, vielleicht zwei, und seine Finger auf das Holz gelegt tippen lautlos einen Rhythmus, nah ihrer Hand,
ich könnte ihn berühren,
geht's besser?, fragt er,
es geht mir gut,
er reicht ihr ein Stück Papier, abgerissen, kein Name steht darauf, nur seine Telefonnummer mit schwarzer Tinte in geschwungener Schrift,
wenn sie dich reizt, sagt er, die verkehrte Welt, dann steht er auf, geht in den Gang hinaus, wird erneut zu diesem Schatten,
auch sie steht auf, geht seiner Eile folgend zu ihm und an ihm vorbei, blickt links den schmalen Gang entlang, Lichtquelle, die sie lockt, die dem Gang ein bisschen Weite gibt, führt in einen anderen Raum,
doch er zeigt nach rechts, zeigt zu einem Ausgang und in ein Draußen, das in Dunkelheit begraben liegt.

2

Regenstille verdrängt die Geräuschkulisse der Straße, der Motoren, aufheulend, ihr Fenster ist einen Spalt offen, der Spalt mit einem Buch fixiert, matter Schimmer der Laternen flackert an den Wänden, und sie liegt in ihrem Bett, starrt an die Decke, sucht Risse zu zählen, feine Adern, sie geben dem schmutzigen Weiß eine Struktur, einen Halt,

etwas Gemachtes,

war ein kurzer Heimweg, gefolgt von Stunden, in denen sie wach gelegen hat,

das Stück Papier in ihrer Hand,

die Zahlen in ihre Handfläche tätowiert,

Stunden, in denen er in ihren Gedanken spukte,

ein Nicht-Versprechen,

ein Zufall, dem sie, nachdem er geschehen war, nachgeholfen hatte, folgte ihm seit Wochen auf seinen Wegen, seit diesem einen Abend,

konnte kein Zufall sein,

war, getrieben von innerer Unebenheit, ziellos durch die Stadt gestreunt, ein Flüstern, in ihr aufgeflammt, trieb sie abseits gewohnter Lebensbahnen, ließ sie unbedachte Schritte tun, zog sie in eine Stille, das Flüstern laut, zog in diese fremde Gasse, gesäumt von Altbauhäusern mit schmalen Balkonen, begrenzt durch Eisengitter, mit Pflanzen vertrocknet, hatten den Herbst in sich gesaugt,
langsam war sie gegangen, auch einer Neugierde folgend, lange abgelegt, war gegangen, bis das Flüstern in ihr gedrängt hatte, anzuhalten,
vor einem Geschäft, dem einzigen in der Gasse, vor dieser Auslage, leer, staubig, verhangen mit schwarzem Molino, kein Firmenschild und keine Öffnungszeiten, die Tür verschlossen,
ihr Herz schlug schnell, und sie trat näher an die Scheibe und versuchte, in das Innere zu sehen, ein Schauer, der durch ihren Körper fuhr, setzte sich im Nacken fest, rasch drehte sie sich um, weg von ihrem Spiegelbild, das sie verzerrt gezeigt hatte,
gedoppelt,
etwas lauerte in der Gasse, in einem Hauseingang, in einem Mauerriss, ein Außerhalb, nach Jahren zurückgekehrt, ein vertrautes Gefühl, erstarb erst, als Licht dem Inneren des Geschäfts einen schemenhaften Körper gab,

und leise drückte sie sich an die Scheibe, eins mit ihrem Spiegelbild, sah durch den Molino im Kegel des Lichts eine Arbeitsfläche aus Metall,
erkannte ein Messer, ein Skalpell, glänzte,
erkannte Fell, an dessen Ende leblos eine Pfote hing,
dann sah sie eine Hand, die ins Fell griff, Finger, die es streichelten, seine Hand, seine Finger, sein Rücken ihr zugewandt, sein ruhiger Atem sichtbar, und die zärtlichen Berührungen bewegten sie, einen Teil ihres Selbst, der längst vergessen war,
Verletzlichkeit,
beschämt trat sie einen Schritt zurück, senkte ihren Blick und ging, musste gehen, bevor das Licht erloschen war.

Sie hatte sich geschworen, nicht mehr zurückzukehren, nie wieder, wider dem Flüstern, und doch kam sie zurück und suchte dieses Etwas zu ergründen,
noch namenlos,
es hatte ihre Nächte und Tage gestört und Gedanken und Träume aus dem Gleichgewicht gebracht,
und jeden Tag nahm sie die Gasse, nahm sie im Dämmerlicht, wenn sie zur Arbeit ging, nahm sie, nachdem ihre Schicht am Morgen zu Ende gegangen war, und musste sie nicht ins Hotel, wartete sie,

manchmal einen halben Tag,
warten,
sonst nichts,
hatte beobachtet und war gefolgt,
er, der Schlüssel, der dieses Etwas sperrt.

Verließ er abends das Geschäft, schlug er sich den Mantelkragen hoch und blickte in den Himmel, ging in sich versunken, zügig, doch ohne Hast, und hielt er inne, was er manchmal tat, drückte sie sich in einen Hauseingang,
eins mit den Häusern, den Mauern und ihrem Verputz,
sie,
ein Taggespenst,
beinahe unsichtbar,
auch morgens wartete sie auf ihn,
und bevor er das Geschäft betrat, suchte sein Blick erneut den Himmel ab, sein Lächeln, fordernd, es verschwand in die Welt hinter dem schwarzen Molino,
an manchen Tagen kam er später, an anderen Tagen nicht,
und sie atmete, was sein Schatten übrig gelassen hatte,
an manchen Abenden ging er in ein Lokal, an anderen stieg er ohne Umweg in die Straßenbahn,

sie blieb in Distanz, blieb gegenüber dem Lokal und nah der Haltestelle stehen, wartete, bis der Nebel ihn verschlang.

Einmal, morgens,
sie, wartend an der Straßenbahnstation,
er, nachdem er ausgestiegen war, näher kommend, auf sie zu, so schien es, sah sie nicht an, und doch spürte sie jeden seiner Schritte,
kein Hauseingang in der Nähe, in dem sie sich verstecken konnte,
und ihre Angst, entdeckt zu werden, trieb sie in ein Café, nur langsam fand ihr Atem in eine Gleichmäßigkeit zurück, langsam trocknete der Schweiß auf ihrer Haut,
und Minuten später stand er in der Tür, sah sich um,
ihr Körper angespannt, erneut, mit jeder Pore wartend, dass er zu ihr kam,
wartend,
vertrautes Gefühl,
auf einen flüchtigen Blick,
ein Lächeln,
eine erste Begegnung,
zu früh herbeigeführt,
und vergebens wartend auf seinen Schatten.

3

Keine Berührung, kein Sehnen danach, nur sein Körper, der ausgestreckt neben dem ihren lag, nicht atmete, dennoch lebendig war, und auch sie hielt den Atem im Traum gewesener Stunden fest in sich verschlossen, in der Schatzkiste der Kindheit, versperrt und unter dem Bett versteckt, im Zimmer, das sie sich teilen musste,

was hütest du darin?, fragte er,

nichts, log sie, Dinge, unbedeutend, sie gehen dich nichts an,

Dinge, unbedeutend, sie gehen dich nichts an, sagte sie auch damals dem großen Schwesterchen, nahm sich den meisten Platz, breitete sich im Zimmer aus, Puppen, Spiele, Bücher, Stifte und Parfumflakons, behütet und beschützt,

neugieriges Schwesterchen steckte ihre Nase in all die Dinge, die nicht für sie bestimmt waren, wollte alles wissen, haben, alles sollte ihr gehören,

doch Kindheit wurde weggesperrt, das Haus, der Garten,

die unbemalte Traumlandschaft, ist nun zurück, wird Teil der Welt, die er mir öffnet,
weißer Himmel,
schneebedeckte Felder,
knirschende Schritte,
Fußspuren, die sie wieder rückwärts nahm, um den Horizont nicht zu verlieren,
Horizont, in dem ich schwinden wollte.

Noch ist Zeit, bevor ihre Nachtschicht beginnt, Zeit für den Umweg zum Geschäft, Zeit, um ein erstes Mal hineinzugehen,
das Geschäft ist offen, doch Feigheit spottet ihr erneut im Spiegelbild,
lässt mich den einen Schritt zu weit nicht gehen,
zurück in eine Welt, aus der sie geflohen war, schillernde Seifenblasenwelt, das Seifenwasser schmutzig, abgestanden, und die Seifenblasen allzu schnell zerplatzt,
zurück in eine Welt, in die kein Schmerz mehr drang, nur hohles Beziehungsgeflüster, das sie erdrückte,
lange war sie nicht verliebt gewesen, hatte sich lange nicht mehr in einer Beziehungsillusion getäuscht, die letzte brach vor Jahren ab und nichts sehnt sie zurück,
zurück in die gespielte Aufopferung, zurück in das geheuchelte Verständnis,

noch ein Schritt zurück, ganz langsam genommen und vorsichtig daran gedacht,
in eine Welt, bevor es diese gegeben hatte, beschützt in Gedanken und der Schatzkiste unter dem Bett, war dort gut aufgehoben, all das Kleine, das ihr wichtig war, all die Worte, die zu Geschichten wurden, vergessen und verdrängt.

Er ist keiner, der mich mit Alltäglichkeit verletzt, er wird mein Schatten werden,
und die Hand an der Tür schließt sie die Augen, haltloses Zögern, nicht erst einmal wollte sie zu ihm, wollte hinter den Molino und kam nie weiter als bis davor,
ängstliches Wesen aus einem Früher,
früher,
wieder dieses Früher,
vergessen, verdrängt,
wieder schwindelt ihr, ein Schwindel jenem gleich, der sie in die Ohnmacht zwang, als würde ihr etwas den Atem entziehen, aus ihr saugen,
Schatten,
Schatten, die nach ihr greifen, aus ihrem Inneren heraus, spalten ihren Brustkorb,
tausend Arme, die sich um mich schlingen, sie zerquetschen mich,

verschwindet, zischt sie in einer Stimme, die nicht die ihre ist,
verschwindet, früh genug werde ich euch wiedersehen,
sie drückt sich gegen die Tür und in das Geschäft, hell die Klingel, flüsternder Vogelgesang, kein Tageslicht im Raum, der Raum sauber, die Arbeitsfläche leer,
glänzt,
er nicht hier, nur sein Geruch, Jasmin und Kirschtabak, der sich mit Chemie und Moder mengt,
und in den Regalen und an den Wänden Marder, Wiesel, Eulen,
sie sehen mich nicht an, sehen über mich hinweg,
ein Hase, der Kopf eines Hirsches mit Geweih,
wahllos nebeneinandergestellt,
ein Hund, eine Katze,
toter Blick,
über- und untereinander,
angestaubt, altmodisch,
sie richten mich,
er nicht hier,
das Tote richtet mich,
sie nähert sich dem Tisch, legt ihre Hand aufs Metall,
und ein kalter Stich lässt sie zusammenschrecken,
Kälte,

zieht von der Handfläche in den Arm, zieht weiter in die Schultern, in die Brust, bis in den Unterleib,
ich will, dass diese Kälte in mich dringt.

Was willst du?, fragt er, ist deine Katze tot?, dein Hund?, dein Hamster?, ich mache alles, nur Fische nicht,
ich hatte einen Goldfisch, sagt sie,
einen, fragt er, der ertrunken ist?,
verhungert, sagt sie, traurige Geschichte, lange her,
Minuten erst, dass sie in dem Geschäft ist, und doch fühlt sich alles vertraut an, jedes Tier ist an seinem Platz, der Sittich, das Rebhuhn, jeder Tisch, jede Lampe, jeder Schatten, der hinter den Tieren huscht,
er, Stimme, Körper, sein Geruch,
und er geht auf sie zu, nachdem er hinter einem der Regale hervorgekommen ist, aus einem der anderen Zimmer, vielleicht aus jenem, in dem sie geschlafen hat, dem dunklen Raum, schmucklos, und seiner Geborgenheit,
dass sie ihn sehen wollte, sagt sie,
er lächelt, sagt, dass er seit dem Morgen auf sie gewartet hat, sagt leise, vielleicht schon länger,
warten auch die ausgestopften Tiere mit ihren falschen

Augen und den aufgerissenen Kiefern, Schneidezähne blitzen auf, Monster, Totes,
kleine Kunstwerke, sagt sie, Schöpfungen,
in Lebendigkeit,
und er senkt den Blick, greift nach ihrer Hand und führt sie an seine Wange,
zu sanft für diesen Augenblick,
wieder dieses Lächeln, es spaltet sie,
er lässt ihre Hand los,
sie vergräbt sie in der Manteltasche, hält fest an dem bisschen, das er ihr von sich geschenkt hat, Ruhe, die sichtbar in ihm schlummert,
einer traurigen Zufriedenheit,
was machen wir?, fragt er,
weiß nicht, sagt sie, ich habe Zeit,
richtig, sagt er, wir haben Zeit.

4

Er und sie,
einander gegenübersitzend,
und er sieht sie an,
und sie sieht weg,
seltsame Nähe, unerwartet, unbehaglich, ungeplant,
auch dieser Ort, dieses Lokal, zu dem sie ihm oft gefolgt ist, hat etwas Unerwartetes, etwas Stilles aus einer vergangenen Zeit, die Holzvertäfelung, die verblichenen Aquarelle, die schmutzigen Lampenschirme, die vergilbte Speisekarte, deren Ledereinband an vielen Stellen eingerissen ist,
und die Wirtin, eine ältere Frau mit hochdrapiertem Haar, tiefschwarz gefärbt, und einer spitzen Brille, die an einer Kette hängt, mit dünnen Lippen, stark geschminkt, mit Damenbart und Falten in ihrem rundlichen Gesicht, Einkerbungen, befremdlich, murmelt hinter der Theke einem unsichtbaren Gegenüber,
das ist Hilla, sagt er, sie ist die Königin dieses Zwischenorts.

Er nimmt seine Pfeife aus der Manteltasche, auch das Päckchen mit dem Kirschtabak, und bevor er die Pfeife stopft, wischt er mit dem Ärmel darüber, und bevor er den Tabak in die Pfeife gibt, reibt er ihn zwischen Daumen und Zeigefinger, riecht daran,
sie sagt nichts, beobachtet,
und als Hilla ihm das Bier auf den Untersetzer stellt, streicht er über das Glas, bis er es ganz umrundet hat, erst dann trinkt er,
er in fließender Bewegung, seinem Atem angeglichen, und in eigener Bewegungslosigkeit ertappt, steckt sie sich eine Zigarette an, hastig, nippt an ihrem Bier, säuerlicher Geschmack, abgestanden, doch so kalt, dass es in den Zähnen schmerzt,
sie sagt nichts, beobachtet das Anzünden des Tabaks mit ihrem Feuerzeug, dass er einen Zug nimmt und die Pfeife in den Aschenbecher legt, dass er an den Kerben kratzt,
jenen im Tisch und jenen, die noch nicht sichtbar sind,
er rückt den Aschenbecher ein Stück nach links und den Behälter mit den Bierdeckeln nach rechts, auch diese Gegenstände ein Teil von ihm,
wieder zündet er den Tabak an, nimmt einen Zug, legt die Pfeife ab,
Hilla kommt,

unerwartet, unbehaglich,
hält ihr eine Schale Erdnüsse hin, und dein Name?,
und sie sieht Hilla an,
erwischt und überrumpelt,
ausgeliefert dieser fordernden Frau, auch Hilla eine, die alles wissen könnte, was hinter dieser Welt geschieht,
ihr Name, sagt er und nimmt Hilla die Schale ab, soll mir noch ein Rätsel sein,
bitte, wenn du meinst, und bevor sie geht, um wieder eins zu werden mit dem dunklen Thekenholz, beugt sie sich zu ihr, schürzt die Lippen, flüstert, Mädchen, pass auf, ich kenne dich.

Ich möchte deine Geschichten hören, sagt er, die Geschichten, die du nicht zu Ende erzählen willst, die dich berühren, die dir Angst machen und die, für die du dich schämst, und er schickt den Pfeifenrauch an die Decke,
sie lächelt, belächelt den Schauer, der aus ihr drängt,
heute nicht, heute soll die Schatzkiste verschlossen bleiben,
heute, sagt sie, ist es angenehm zu schweigen und so zu tun, als hätten wir einander nichts zu erzählen,
schweigend trinken sie aus, verlassen das Lokal, gehen nebeneinander,

ihre Schritte gleichen sich in Geschwindigkeit und Abstand den seinen an, und sieht er in den Himmel, folgt sie seinem Blick,
nur er, nur ich,
und ein paar Meter vor dem Eingang des Hotels hält sie inne, an der Straßenecke, an der jeden Abend ein Bettler sitzt, der Mann ohne Unterleib, sein Oberkörper wie aus dem Beton gewachsen,
regelmäßig, dass sie ihm ein paar Münzen reicht, heute gibt er dem Bettler Münzen, und dieser bedankt sich mit einem Segensspruch,
still stehen sie einander gegenüber, sie friert und will nicht, dass er sie frieren sieht, will auch nicht, dass er geht, will, dass dieser Augenblick für immer währt,
kleines Nichts, in dem wir aufgehoben sind,
und er greift nach ihrer Hand, streichelt sie, befühlt jeden Finger, lässt sich Zeit damit,
wir haben Zeit,
als Erstes, sagt er, sind mir deine Hände aufgefallen, schöne Hände und zarte Finger hast du, und bist du nachdenklich, flattern sie,
so wie jetzt, sagt sie,
so wie jetzt, sagt er,
und die Stadt bettet sich um sie,
kein Geräusch, das zu ihnen dringt,

kein Regentropfen, der sich in die Kleidung nistet,
kein Wind, der ihre Haut verletzt,
der Bettler sieht zu ihnen, und sie spürt den Blick,
auch die Dunkelheit, die nicht verrät, ob er lächelt
oder ihnen eine Fratze zeigt,
in meinem Traum, sagt sie, hast du mich geküsst,
du lügst, sagt er,
stimmt, sagt sie, aber in einem nächsten Traum wirst
du mich küssen,
wart's ab, sagt er und haucht ihr einen Wangenkuss,
wir werden sehen,
wir werden sehen,
dann geht er, geht schnell und blickt nicht in den
Himmel,
ein kurzer Abschied für diesen langen Augenblick,
und der Bettler neigt sich zu ihr, flüstert, das ist Liebe,
nein, es ist ein Spiel.

5

Er und ich, eine ganze Woche, in der wir uns jeden Abend im Dämmerlicht begegnen und in Dunkelheit voneinandergehen,
die kurze Zeit zwischen dem Ende seiner Arbeit und dem Beginn der meinen,
ich komme pünktlich,
manchmal Minuten zu früh, und bin ich zu früh, rauche ich im Hauseingang gegenüber eine Zigarette, bis er aus dem Geschäft kommt,
er schlägt sich den Mantelkragen hoch und blickt in den Himmel, dann zu mir,
und wortlos der Weg in Hillas Zwischenort, der uns für eine knappe Stunde ein Zuhause gibt,
verblasste Aquarelle, stehen nicht zum Verkauf,
schmutzige Holzvertäfelung, aus der Schnitzelgeruch ätzt,
das viel zu kalte Bier, der Schmerz in den Zähnen,
vertraut sind mir seine Stimme, sein Geruch, sein Schweigen, auch seine Bewegungen, sie rücken ein Stück Welt zurecht,

all das würde ich vermissen,
all das, dessen Schleier Zukunft lüften wird.

Hilla sieht mich prüfend an, und ich versuche ihr und ihrem vermeintlichen Wissen mit einem Lächeln zu entfliehen,
lächle breit und falsch, spreize meinen Mund,
Mädchen, pass auf, ich kenne dich,
nein, Hilla, niemand kennt mich,
nicht mehr,
und er tut Hillas Skepsis ab, sagt, dass sie auf ihn achtet, sagt, das ist sein Privileg, ist es seit vielen Jahren, und irgendwann, sagt er, gewöhnt sie sich an dich, an dieses Uns, das erst einen Anfang hat, vielleicht, sagt er, nie einen Anfang hatte, nur ein Mittendrin,
meine Finger flattern,
und ich fühle mich ertappt, schon wieder,
ausgeliefert,
still sitzen, sage ich, konnte ich noch nie,
Mutter stellte mich in eine Ecke, kein Abendessen, Kind, und die Augen schauen auf die Wand, und die Füße stehen gerade, und die Hände bleiben bei dir, so ist's gut, genau so, beweg dich nicht, denke nicht einmal daran, dich zu bewegen,
er lacht, und sein Lachen steckt an, weckt von Mal zu

Mal etwas Verborgenes in mir, etwas, das ich in der Schatzkiste eingesperrt hatte, weil ich es einsperren musste, eine dieser Erinnerungen, an die ich noch nicht denken mag,
bis die Zeit dafür gekommen ist,
Zeit, ihm davon zu erzählen.

Eichhörnchen sind schwierig, sagt er, nein, nicht der Körper, der Schwanz ist es, für den Körper gibt es eine Standardplastik, du spannst das Fell darüber, nähst es zusammen, dann lässt du den Dingen ihren Lauf,
den Dingen ihren Lauf, hallt es in mir nach, wenn wir uns Richtung Hotel aufmachen, nebeneinander, bis wir an der Straßenecke nah dem Bettler stehen,
schickt uns Fratzen,
schickt uns die Liebe, die er in uns sehen will,
schickt uns als Dank für ein paar Münzen den ewig gleichen Segensspruch,
und er greift nach meiner Hand, und ich erzähle, dass ich von ihm geträumt habe, dass ich jede Nacht von ihm träume, jede Nacht von ihm träumen will,
er sagt, dass ich lüge, gib uns Zeit, sagt er, stellt diese Worte gegen die Unruhe, die mich quält,
seit diesem Abend,
Zufallsabend, der in jene Gasse führte,

Risse zählen,
Kirschtabak,
Totes, das doch lebendig ist,
ich muss, sage ich,
und er beugt sich zu mir, haucht einen Wangenkuss, geht, lange spüre ich seine Lippen auf meiner Wange, lange sehe ich seinem Schatten nach, dem Augenblick, er wiederholt sich, bleibt konstant, und ich in ihm.

6

Ein Spiel ist es, das keine Namen braucht, keine Lebensgeschichten, die das Spiel verzögern, nur sie und ihn als Spielfiguren, schieben sich gegenseitig über das Brett,

Spieler und Gespielte,

Gedanken, die sie ins Hotel begleiten, in die beginnende Nachtschicht, und die mit ihr Platz genommen haben, hinter der Rezeption,

der Schatten und das Taggespenst,

es ist kurz vor Mitternacht, die Lobby verlassen, alle Schlüssel abgeholt, alles liegt in dieser Stille, die Gedanken nährt,

in dieser letzten Nacht der ersten gemeinsamen Woche,

und im gedämmten Licht erwachen all die Momente, die sie in den vergangenen Tagen erlebt haben, zeigen sich in seinen Gesten, den vorsichtigen Berührungen, die er ihr gab, drängen sich verspielt zwischen das alte Mobiliar, die wackeligen Tische, die mit Plüsch über-

zogenen Fauteuils, die Plastikrosensträuße, und es bewegt sich sein Schatten in diesem Raum, der kein gemeinsamer ist,
es niemals werden darf,
befleckter Plüsch über die Jahrzehnte,
er und ich,
verblasstes Rosenrot,
ich, Taggespenst,
sie, die zu einem Außerhalb geworden ist, in Distanz gerückt, wartend auf ihn, wartend, dass er ihre Hand in die seine legt, auf einen ersten Kuss, wartend, wie schon lange nicht, nicht mehr, seitdem sie vor Jahren mit ihrem alten Leben gebrochen hatte, trennte sich von allem, das nicht mehr gebraucht, nicht mehr geliebt und vergessen werden wollte,
viel länger ist es her, und er verrückt mir die Bescheidenheit, dringt mit Haut und Haar in meine engen Lebensräume, in mein Heim, das mir tagsüber Schutz gibt, in meine Nacht, die mein Zuhause ist, dringt in all die Risse, die ich zähle, dringt in mein Scheitern, in meine Dämmerung,
hat sich bis ins Hotel gedrängt, in diese Arbeit, anspruchslos,
Handgriffe, Gesten, alles gleich,
und doch so anders, seitdem er in ihrem Leben ist,

jedes Geräusch, das dem Hotel eigen ist, irritiert,
ein Knacken da, ein Knirschen dort,
Staub, der über den Teppich zieht,
selbst die eigenen Geräusche stören, das Umblättern der Seiten des Buches, in dem sie liest, um Zeit vergehen zu lassen, die Zeit bis zum Morgengrauen,
ein gelegentliches Schniefen,
und stößt ihr Arm an einer der Holzflächen an, hört sie es als Beklemmung, hört das rote Licht des Telefons leuchten, und erlöschen, nimmt sie den Hörer ab,
Natalias Stimme,
warum, Schwester, meldest du dich nie?, du weißt doch noch, dass wir uns morgen sehen,
ich weiß, Schwesterchen, ich weiß, sagt sie,
Kühlschranksurren,
du kommst doch?,
ja, ich komme,
das Surren laut,
gut, sagt Natalia, Steffen freut sich so auf dich,
ja, ich komme, komme doch immer,
dann ist Stille, nur Natalias Atem stört,
verstört,
Fremdatem, der sich in sie zieht,
hör endlich auf, flüstert sie,
was ist, geht's dir nicht gut?, fragt Natalia,

und sie sagt, lügt, bestens, Schwesterchen, aber jetzt, ich kann nicht reden, ich habe viel zu tun.

Handgriffe, Gesten, Worte, alles gleich, alles gut so, wie es ist, die Risse an der Zimmerdecke, die sich nicht weiten, das Surren des Kühlschranks, das verblasste Rosenrot, nein, es verändert sich nicht, darf sich nicht verändern, nicht schon wieder,
ich habe meine Lebensbahnen, weiche nie von ihnen ab, Wege, Orte, Kleidung, Menschen,
der Trafikant in meinem Haus, der mir die Zigaretten gibt, bevor ich nach ihnen frage, der Blumenhändler an der Ecke, seine Frau, die mir hin und wieder, ich weiß nicht, ist es Mitleid, eine Blume schenkt, der Mann ohne Unterleib, die Arbeit, dort die Putzfrau und dort auch der Tagportier, klein, gedrungen, und spricht er mit mir, steckt er seine Nase nah an meinen Hals, tätschelt meine Schulter, sieht mir auf den Busen, streift mit der Hand meinen Hintern, manchmal mein Geschlecht,
alles gleich,
gehäkelte Spitzendeckchen auf den Tischen, kaputte Vasen, es flackert ein Licht,
alter Krempel, sagt die Putzfrau, sollte alles raus,
sagte auch Natalia bei ihrem einzigen Besuch, rümpfte die Nase, wischte ihre Abscheu in ein feuchtes Tuch,

alles gleich,
meine Abgeschiedenheit,
mein Spiel,
und dieses Etwas,
es ruft nach mir.

7

Kinderstimmen in ihrem Kopf, Mädchenstimmen, verspieltes Geheul eines jungen Wolfsrudels, streitet sich um das Fleisch, das andere übrig gelassen haben, und ihre eigene Stimme ist stumm, obwohl sie etwas sagen möchte, schreien, doch kein Ton vermag aus ihr zu kommen, als wären die Stimmbänder aus ihr herausgeschnitten,

geschärfte Klinge eines im Sonnenlicht blitzenden Skalpells,

aber es tat nicht weh,

Fremderinnerungen, die sich in ihre Träume nisten, und sie schreckt hoch, als das Skalpell in ihren Hals dringt, spürt das Geträumte auf der Zunge und verweilt in dem fauligen Geschmack,

sie sieht sich in der Lobby um,

nichts, nur dieses abgestandene Licht und die Wanduhr, deren Uhrwerk stehen geblieben ist, und die Zeiger sind eingefroren in einem Moment, der einmal war und vielleicht Bedeutung hatte.

Seine Nummer drängt sich in ihre Fingerspitzen,
aber rufe ich ihn an, hätte ich das Spiel verloren, wird kein Kinderspiel,
das weiß sie,
bei dem sich niemand ernsthaft je verletzt,
denn im Schmerz, der als Erwartung in ihr pocht, sind sie beide wissend,
Handgriffe, Gesten, alles gleich, alles vergessen,
und sie muss schmunzeln, schmunzelt über ihre Gedanken und diese Nacht, endlos wie keine Nacht zuvor, so im Stillstand, der Unruhe weckt, im Stillstand gegen Zeit, die nicht vergehen will,
sie steht auf,
alles klein um sie herum, handlich unecht,
brüchige Spitzendeckchen,
eine Kulisse, in die sie sich hineingesetzt hat, in der sie stumm dasitzen muss und in ihr schwindet,
nein, nicht mehr,
so wie ihr Leben einst eine Kulisse gewesen war, der Windhauch eines Gedankens reichte aus, um die Kulisse freudig zu zertrümmern, und alle, die sich in ihr befunden hatten,
und das Schwesterchen war besorgt, weil sie nicht verstand, weil sie immer eine war, die nicht unter

Oberflächen blickte, verstand nicht, dass die eine alles aufgab, weil sie alles hatte, wonach sich die andere sehnte, Karriere, Liebe, Leben, vollgestopfter Rachen, der erbrechen will,
das Schwesterchen, das sie morgen treffen soll,
muss, sonst gibt sie keine Ruhe,
doch morgen ist noch weit hin, und um einem Morgen ein Stückchen näher zu rücken, einem Morgen, Mittag, Abend, der zu einem nächsten Morgen werden soll, setzt sie sich in den alten Plüsch, versinkt, streicht über die Plastikrosen,
Totes, das doch lebendig ist,
flüstern ihr die Kinderstimmen, von denen sie geträumt hat, die Gesichter verschwommen, doch die Stimmen klar, als stünden sie an ihrer Seite, auch Natalias Stimme, die immer noch so klingt wie in diesem Früher, die Befehle gibt und Ratschläge erteilt, ausspielt, dass sie die Ältere ist, die Klügere und die, die sich mit der Liebe anderer füttert,
nicht aller, Schwesterchen,
damals, bevor Natalias Krankheit kam, die ihren Leib und ihre Seele brüchig machte.

Das Klingeln des Telefons holt sie zurück in die Wirklichkeit des Hotels, sie sagt nichts, nachdem sie abge-

hoben hat, und lässt das unsichtbare Gegenüber warten, atmen, Atem, der nichts sagen kann, erst nach einer Weile,
ich habe lange nichts von dir gehört, und Marcos müde Stimme vorwurfsvoll, bist du aus der Stadt gezogen?, warst du krank?,
komm her, sagt sie, ich habe Lust,
unter ihren Fingerspitzen kitzelt Staub,
Marco schweigt,
komm, sagt sie, oder hast du Besseres zu tun?,
Kühlschranksurren, lauter als zuvor,
Licht, das in einer Lampe flackert,
ein Mottenflügel zischt,
Kühlschranksurren,
Flackern,
ein Mottenflügel zischt,
und verlegen schleicht Marco durch die Lobby, schickt ihr ein Lächeln,
sie wartet an die Rezeption gelehnt, offen, fordernd, wartet und sieht zu, wie er sich nähert, ein Fremder, der er ihr geworden ist, ein junger Mann mit schlaffem Schritt und Armen, die schlackern, ein Träumer ohne Traum, ein Niemand, an dem sie sich bedient,
und als Marco vor ihr steht, will er sie küssen,
sie dreht sich weg,

er will nach ihrer Hand greifen,
doch sie entzieht sie ihm,
und Marco sagt, dass er und sie nie Zeit miteinander verbringen, vielleicht, schlägt er vor, sollten wir zusammen essen gehen?

In der Abstellkammer, dicht gedrängt, macht sie ihm den Reißverschluss der Jacke auf,
er lässt es geschehen,
ließ immer alles geschehen, jedes Treffen in der Abstellkammer, genoss diese wenigen Minuten des Miteinanders, auch wenn er mehr wollte, nach mehr verlangte,
sie zieht ihm die Jacke über die Schultern,
er lässt es geschehen,
verlangte von ihr zuzuhören, verlangte Gegenwart, verlangte Zukunft,
sie lehnt sich ans Regal, wartet,
Marco auch,
sie hebt ihren Rock, dreht sich um, spreizt ihre Beine,
Marco fängt zu weinen an, sagt, ich kann nicht, ich kann das nicht mehr,
sie dreht sich um,
er lächelt gegen seine Tränen an,
wenn du nicht kannst, sagt sie, dann geh,
was?, fragt er,

geh, sagt sie,
und Marco sieht sie an, sieht durch sie hindurch,
was ist?, fragt sie,
Marco greift nach seiner Jacke,
du, sagt er, hast kein Herz, und ich, sagt er, liebe dich,
dann geht er, verlässt die Abstellkammer, geht vielleicht für immer.

Allein in vertrauter Dunkelheit hört sie die kaputte Wanduhr ticken, leise, ungleichmäßig,
oder doch ein Herz, das ich nicht habe, das in der Schatzkiste verschlossen ist?,
auch das Kühlschranksurren ist zurück, laut in sie dringend,
stell dir vor,
denkt sie,
dass es weder Licht noch Schatten gibt,
und die Zahlen seiner Nummer drängen sich erneut
in ihre Gedanken, größer als sie aufgeschrieben sind,
drängen, gewählt zu werden,
und sie versperrt die Abstellkammer,
die Lobby ist leer,
der Morgen graut,
eine Plastikrose bricht,
er,

zwischen Licht und Dunkelheit,
in ihr, und an ihr Jasmingeruch, und in der Lobby sein Schatten,
bewegt sich,
und zurück an der Rezeption ruft sie ihn an,
kein Zögern mehr,
kein Warten,
er hebt ab,
ich habe kein Herz, sagt sie,
ist mir egal, ob du ein Herz hast oder nicht, ich will dich sehen, sagt er, daran dachte ich gerade, und daran, dass es bald wieder Morgen ist,
sie lacht,
dann ist Stille zwischen ihnen,
und diese Stille legt sich über das gedämmte Licht,
lässt all den Schmutz vergessen,
gut, dass ich anrufe, sagt sie,
gut, dass du dich traust,
Stille,
komm morgen Abend, sagt er, nicht ins Geschäft, komm zu mir, hast du Zeit?,
ja, sagt sie, ich habe Zeit,
ein Zögern,
ein Warten,
er sagt, vielleicht vermisse ich dich.

8

Wir haben keine Regeln aufgestellt, und ohne Regeln können wir nicht spielen, das ist unfair, und keiner kann gewinnen, sagt Steffen, auch Mama meint, dass alles seine Regeln braucht,
gut, sagt sie, wer die meisten toten Tiere zählt, gewinnt,
gut, sagt Steffen, aber wenn ich eines vor dir sehe, darfst du es nicht mehr zählen, und fragt, was gewinne ich?,
sie lacht, wirst schon etwas kriegen, kleine Ratte, falls du gewinnst,
Steffen lacht, mag, wenn sie kleine Ratte zu ihm sagt, *mag nicht nur ein blonder Unschuldsengel für Natalia sein, mag, wenn jemand unter das Anerzogene blickt,*
und sie zupft an seinen Locken, und er schlägt kichernd ihre Hände weg, sie spielen eigene Welt, spielen immer etwas miteinander, wenn die Familie, die Natalia heißt, sie nicht entkommen lässt, und spielt sie mit Steffen, hat das Schwesterchen weniger zu erzählen, merkt, verbittert, dass sie keinen Platz hat,

kein Zutritt jenen, die sich aufs Spielen nicht verstehen,
tote Tiere zählen ist neu,
und Steffen aufgeregt, in Erwartungshaltung, siegessicher.

Vor ihnen erstreckt sich die Steintreppe des Museums, die in die Schauräume führt, Natalia gibt jeden Mantel einzeln an der Garderobe ab, auch ihre Tasche, und verlangt sie gleich darauf zurück,
mein Telefon, sagt sie der Garderobenfrau und lächelt,
dieses Lächeln, mit dem sie alles widerstandslos bekam,
Mama, bitte, drängt Steffen, darf ich?,
und das Schwesterchen nickt, und Steffen läuft die Treppe hoch und hält im Halbstock inne,
eins, ruft er, ich gewinne,
und sie und Natalia folgen ihm langsam nach, hat sich eingehängt, das Schwesterchen,
eins, oder?, fragt er nach, als sie bei ihm sind, zählt das?,
das zählt, sagt sie und sieht sich die Vitrine an,
gruselig, sagt Natalia, mit den toten Augen, die viel zu groß sind für das kleine Tier, sagt es dem Museumswärter, der nah bei ihnen steht und Natalias Aufdringlichkeit erwidert,
er grinst, nachdem Natalia die Hand auf seinen Arm gelegt hat und ihr aufgesetztes Lachen in seinen Tag,
ein Stich in meinem Rückenmark.

Erster Stock, Steffen läuft in die Schauräume vor, und sie will ihm nach, will aus des Schwesterchens Fängen, den langen Nägeln, die sich ihr in den Arm krallen, den Geschichten, die Natalia zu erzählen haben wird,
macht aus uns beiden eins,
zwei, drei, vier, ruft Steffen, fünf, sechs,
und Natalia ruft ihm nach, er solle leiser sein, sich benehmen, sie seien hier nicht allein und er ein wohlerzogener Junge, mach uns keine Schande, sagt sie,
uns, Schwesterchen?,
sie betreten den ersten Saal, überall tote Vögel, auf der linken Seite Flamingos und sie bleibt stehen, neigt den Kopf einem der Flamingos gleich, hebt ihr Bein, hält still, ganz still, ganz in toter Haltung gefangen,
dreißig, ruft Steffen,
fünfzig, ruft sie, wahllose Zahl,
und Natalia stupst sie in die Seite, sagt, schön, dass du dir Zeit genommen hast, auf dich ist nie Verlass, dich muss man um alles dreimal bitten, und selbst dann sagst du uns ab, sagt auch angewidert, das ist ein blödes Spiel,
und sie sagt, dass es keine blöden Spiele gibt, nur Menschen, die nicht spielen wollen, es nicht können, weil sie zu feige sind und von Angst zerfressen,
Natalia schluckt,

Angst, der Tumor, der an jeder Freude nagt, selbst an der kindlichen, selbst an Steffen, der nicht leben darf,
ist doch nur ein Spiel, sagt sie, lass uns tote Tiere zählen.

Für mich sind sie nicht tot, waren lebendig, tragen seinen Atem in sich, sehen mich mit seinen Augen an, seinem wandelbaren Blick gesteuert von Gedanken, die ich noch nicht lesen kann,
die Affen, Bären, die Papageien, Reptilien in Chloroform,
nein, zählt nicht, sagt sie zu Steffen, nichts, was eingelegt ist in ein Glas,
und ich sehne mich in das Geschäft, zurück in die Minuten, in denen ich den Raum für mich hatte, sehne mich in seine Gegenwart, und ich spüre das kalte Metall, über das ich streichen durfte, spüre seinen Wangenkuss, Kirschtabak, Jasmin,

die Kälte, wollte so sehr, dass sie in mich dringt,
ein Schnippen nur, ein Augenblick, und all die toten Tiere bewegten sich,
ein Muskelzucken,
ein Zähnefletschen,
lebendig, auf dem Sprung,
und würde Natalia sie nicht so hetzen, sie bliebe vor jeder Vitrine stehen, vor jedem toten Tier,

würde hineinspüren in den Moment, der am Beginn eines neuen Lebens steht,
doch nein, dem Schwesterchen verlangt es, ihr etwas zu erzählen, beständiges Hüsteln, vertraut aus einem Früher, das sie in ihrer Absicht laut verrät.

Natalia bestimmt das Tempo, bestimmt jeden Schritt,
ihr Leben über mich gestülpt,
stickige Museumsluft,
und wieder hüstelt Natalia, will gefragt werden,
doch sie fragt nicht, sie sieht zu Steffen, er läuft zwischen den Dinosaurierknochen hin und her, sieht keine Ähnlichkeit zum Schwesterchen, sieht einen Vater in ihm, den er und sie nicht kennen, der nur flüchtig in Natalia drang, einer wie so viele andere, von denen sich das Schwesterchen Leben, Liebe, Heim erhoffte,
und sie hält inne, muss innehalten, und zieht Natalia zu sich unter das Skelett, das aufgerissene Maul,
neigt sich zu uns, will uns fressen,
grausame Bestie, ich zerfleische dich,
das Maul rückt näher, die Zähne spitz,
sein Schatten über mich gestülpt, und sein Maul weit offen,
und Natalia fragt, ob sie denn nicht neugierig sei?,
doch, lügt sie,

na dann,
na dann?,
gefragt hat er mich, sagt Natalia, gestern bei Kerzenschein, dann kichert sie, kichert mädchenhaft,
ihr schaudert,
und während Natalia die Details des Antrags von sich gibt, denkt sie an ihre letzte Beziehung, aus der sie sich wand,
ein Stück Fleisch,
willig, wenn er sie willig haben wollte, spreizte sie die Beine,
kaltes Fleisch,
und zitternd hatte er sich vor sie hingekniet,
willst du?,
hatte ihr einen Ring angesteckt,
willst du?,
hatte mein Lachen mit seiner Gleichgültigkeit erstickt,
ja, sagte ich sofort, sagt Natalia, und dann weinte ich und bin ihm um den Hals gefallen.

Nicht der erste Antrag, den das Schwesterchen bekommen hat, einige gingen diesem voraus, gefolgt von Tränen ihrerseits, die in Strömen flossen, als man sie wieder und wieder stehen ließ, einmal vor dem Altar,
hatte sich die Familie angesammelt und herausgeputzt,

auch ich,
und Natalia wunderschön in einem Kleid mit weißer Spitze,
doch kein Bräutigam in Sicht, schrieb ihr hinterher von seinen kalten Füßen, und dass er noch nicht bereit sei für, wie schrieb er?, ein Familienglück, und Natalia ließ sich trösten, verkaufte Kleid und Schuhe, versetzte den Verlobungsring,
sie zwingt sich zu einem Lächeln, fragt höflich, und wann soll die Hochzeit sein?,
nächsten Frühling, sagt Natalia, worauf warten?, und sie lächelt, fragt, und was ist mit dir?,
mit mir?,
da ist etwas, du bist anders, bist du verliebt?, oder ist es bloß eine deiner Geschichten?,
nichts, sagt sie, nichts von alledem,
bitte, sagt Natalia, wenn du es mir nicht erzählen willst,
soll sie denken, was sie will, soll sie tun, was sie nicht lassen kann, soll aus meinem Leben,
grausame Bestie, ich zerfleische dich,
und der Gedanke bleibt, setzt sich mit ihnen in das Café unter der Museumskuppel, legt sich als Stück Zucker in die Untertassen, rührt sich in Natalias Tasse um, und Schluck für Schluck nimmt das Schwester-

chen den Gedanken in sich auf, und lächelt, jetzt sag schon, gibt's da jemanden?,
nein, sagt sie, lügt, lügt nicht,
so stur, sagt das Schwesterchen, so egoistisch, und nimmt noch einen Schluck und schlürft die Tasse leer, dann steht sie auf, sagt, sie werde zahlen, dann gehen wir,
und Steffen schiebt die Plastikdinosaurier über den Tisch, sein Preis für das gewonnene Spiel, und lässt sie kämpfen, lässt den einen oder den anderen verlieren, tot, flüstert er, jetzt bist du tot, jetzt du, und schlägt mit dem einen auf den anderen ein,
hattest du Angst?, fragt sie,
Steffen schreckt aus dem Spiel, in das er in kindlicher Grausamkeit versunken war, wovor?,
vor den toten Tieren?,
irgendwo ein kleiner Nadelstich in seinem Körper,
nein, sagt er, lügt, lügt nicht,
nein?,
nein, sagt Steffen, Angst habe ich vor Monstern, manchmal sitzen sie im Kasten, manchmal unter dem Bett.

9

Monster, manchmal sitzen sie im Kasten, manchmal unter dem Bett, manchmal neben dem Herzen und kratzen daran, meist sind sie Schatten, manchmal bleiben sie auch in Geschichten versteckt, und manchmal muss man an ihren Türen klingeln, auf sie warten, warten, dass einem aufgetan, und das Warten ist ein Sehnsuchtsort, ein Dazwischen, das Möglichkeiten in sich birgt,
lange wartet sie nicht, ein dumpfes Surren öffnet die Eingangstür,
Altbauhaus, es riecht nach Verdorbenem, und die Treppe ist jugendstilverziert, Blütenmuster, eine Maske mit Lorbeerkranz, die das Geländer ziert, und gegenüber ein alter Stahlaufzug, durch dessen Gitter Dunkles atmet,
sie huscht daran vorbei und geht die Treppenhausspirale hoch, die mit jedem Stockwerk enger wird, hält sich am Geländer fest, zieht sich unter das Dachgeschoss,
will nicht den Halt verlieren,
will ihn warten lassen.

Licht aus einem anderen Zimmer, aus jenem, in dem sich seine Silhouette zeigt, hinter dem Milchglas ein verzerrter Schatten, der beschäftigt ist, es riecht nach Kirschtabak, auch nach Kaffee, frisch aufgesetzt, geordnetes Chaos, Kleidung, Bücher, eine Pflanze, die gedeiht,
hat nichts mit der Welt zu tun, die hinter dem Milchglas ist, verkehrte Welt,
und für den Moment will sie wieder gehen, zurück in den Gang, die Spirale hinunter, an dem Stahlaufzug vorbei, hinaus in die Nacht, die von baldigem Schnee erzählt, zurück in ihr Leben,
Leben nennt man das?

Nein, ich darf nicht gehen, darf das Spiel nicht verlassen, die Schatten sind noch nicht in Position gebracht, hartnäckig kreuzen sie meinen Weg, unerwartet, auch im Museum, im Spiegel einer Vitrine, ich beinahe unsichtbar, dahinter Geier, sie pickten Innereien aus einem Aas,
diesmal nichts,
komm weiter, sagt er,
oder sagt er nicht,
manchmal alles Einbildung, Monster, Menschen, und alles, was seinen Schatten längst verloren hat.

Kaltes Arbeitslicht, das aus den Deckenstrahlern blendet,
er nimmt ihr den Mantel ab, sagt lächelnd, du riechst nach Winter,
sie sagt, dass sie sich nicht sicher war,
er sagt, und ich nicht, ob du kommst,
soll ich bleiben?, fragt sie,
bitte, sagt er, bleib, ich mag es, wenn du in meiner Nähe bist, ich mag das Vakuum, das dich umgibt,
und sie setzt sich auf das Bett, und er setzt sich auf einen Stuhl,
lauernd,
sie und er,
und sie lässt sich tiefer in sein Bett und seine Blicke sinken, Blicke, mit denen er ihr Verlegenheit zeigt.

Im gemeinsamen Schweigen sieht sie sich das Zimmer an, einfache Einrichtung, befreit von Sentimentalität, kaum etwas, das ein Leben erzählen könnte, weder seines noch ein anderes, Regale ohne Bücher, nur Papier stapelt sich in ihnen, ein Holztisch mit weißen Plastiktassen, eng aneinandergereiht, darin Farbe, jeweils Zentimeter hoch,
hinter ihm eine Leinwand,
leer,

andere Leinwände lehnen verkehrt an der Wand,
gerne würde sie aufstehen und die Leinwände drehen, diesen Blick wagen, doch sie lächelt bloß, lächelt über die Farbkleckse am Ärmel seines Hemdes, braunes und blaues Pastell ist in das Grau des Stoffes gekrochen, auch unter seine Nägel,
jetzt weißt du, sagt er, was ich tun muss,
dann steht er auf, biegt um die nächste Ecke in die Küchennische, aus der er Augenblicke später mit zwei Tassen wiederkommt, ist noch heiß, sagt er und reicht ihr eine Tasse, setzt sich wieder, sucht sein Spiegelbild in ihren dunklen Augen, erzählst du mir eine deiner Geschichten?, fragt er,
geborgte Geschichten, sagt sie, und sie enden nicht,
ist doch gut, sagt er, muss doch nicht immer alles ein Ende haben,
muss nicht, nein,
auch keinen Anfang, sagt er,
nein, sagt sie, nur einen Beginn,
also?,
also,
er dreht sich zur Leinwand,
sie stellt die Tasse ab, legt sich aufs Bett, Blick an die Decke,
Risse zählen,

an die geborgten Geschichten denken,
noch ein Weilchen in einer Stille sein,
und er reinigt den Pinsel und taucht ihn in Farbe ein,
und sie hört den Pinselstrich, zieht quer über die Leinwand in seine Welt,
also, sagt er leise,
und sie sagt, gut, es war einmal.

Es war einmal ein kleines Monster, sehr groß, sehr mager, noch jung, verspielt, ein tolpatschiges Klappergestell, und viel zu langsam war es, und nichts mochte ihm gelingen, tagsüber versteckte es sich, scheu, wie es war, und abends, dann, wenn die Dämmerung begann, schlich es sich verstohlen aus dem Wald und über die Felder, schlich sich in Gärten, aber niemals in ein Haus, und in den Gärten, schön waren sie, pflückte es sich jede Nacht ein paar der schönen und gepflegten Blumen, nahm sie mit nach Hause, mit in die Baumritze, in der es lebte, sah die Blumen an und lächelte, roch an den Blumen und verspürte Glück, manche ließ es trocknen, von anderen kostete es, von den Margeriten, den Rosen, den Tulpen, nur Narzissen schmeckten nicht, schmeckten allzu bitter, schmeckten nicht nach dem ersehnten Glück,

und sie hält in der Geschichte inne,
kein Atem da, der weitere Worte bringt,
nur dieses Nichts,
nur die Schatten,
drängen zwischen sie und ihn,
genug, sagt sie, zischt es in dieser anderen Stimme,

und Sekunden, Minuten verstreichen, Zeit, in der sie schweigt und aus ihren Gedanken will, aus den Erinnerungen, die sie an diese Geschichte binden, sind in sie gekrochen, noch verschwommen,
noch namenlos,
die Risse fehlen,
diese schmalen Adern,
die Unruhe ist zurück,
und er legt den Pinsel weg, sieht zu ihr,
sieht auch ein Etwas in ihr,
für heute ist genug erzählt,
das Geheimnis, das er erkunden mag,
für heute ist genug erinnert,
heute, sagt sie, muss ich gehen.

10

Kalte Nacht, in die es sie zieht, das Treppenhaus hinunter, vorbei am Skelett des Stahlaufzugs, hinaus auf die Straße, und ihr Atem ein kleiner Geist, der aus ihr spricht, spricht sie frei von ihrer Angst, ihn nicht wiederzusehen, frei von den alten Geschichten,

zu früh ans Licht gebracht,

und sie sieht sich um,

nichts, niemand,

sie weiß nicht mehr, welcher Weg sie hierhergeführt hat, ob sie von links oder von rechts gekommen ist, auch der Blick in den Himmel irritiert, in die Wolkendecke, matt orange schimmert in ihr Laternenlicht,

Nicht-Geborgenheit, ich will zurück in sie,

doch sie geht links, wahllos, biegt um die nächste Ecke, biegt in eine ihr fremde Stadt, eine, in der ihr nichts vertraut ist,

nichts, niemand,

eine, die eben erst entstanden ist.

Sein Abschiedslächeln hat sich ihr ins Gesicht gelegt,
sein verstehender Blick, auch sein Geheimnis, das in ihr flüstert,
und sein Schatten eilt ihr voraus, treibt sie an,
wärmender Mantel, in den sie sich verkriechen möchte,
was er in seinem Himmel sieht?,
und sie geht weiter, geht,
nichts,
geht,
niemand,
geht weiter,
kein Geräusch,
der Himmel die Leinwand, in die er skizziert?,
nur ein leichter Wind begleitet sie,
verlaufen, verloren, verhaftet in den geborgten Geschichten,
skizzieren seine Gedanken,
und an die, die sie erzählte, hat sie schon lange nicht gedacht,
die, mit der sie alles teilte, die ihr so viel näherstand als das Schwesterchen,
skizzieren Monster,
teilten sich die Lichtung,
skizzieren Geschichten der Nacht,
teilten sich das Lachen,

Geschichten eines Sternenhimmels, schatzkistenversperrt,
teilten sich viel mehr,
jetzt nicht an sie gedacht,
jetzt eine erste Schneeflocke, die ihre Stirn berührt,
dann noch eine, die auf ihrer Wange taut,
Schnee, zu früh für diesen Winter,
Schnee, zu schön für den Moment,
wird die Nacht nicht überdauern,
wird vergehen, wie alles vergeht,
und es schnürt ihr den Brustkorb zu,
ist lange her, dass ich weinte,
Tränen aus echter Traurigkeit heraus,
nichts Gespieltes, Getäuschtes,
nichts, das für andere war,
kein Mitleid erhascht,
war ein Moment, der nicht erinnert werden darf,
und es war einmal ein Sommerregentag, und sie saß auf der Lichtung und schickte ihre Tränen in den Bach, den der Regen weitete,
und auf der Lichtung war es still,
zu still,
unheimliche Stille,
nicht kalt, nicht windig war es,
einzig still,
einzig sie,

und auf der Lichtung wollte sie zu Regen werden und eins mit dem reißenden Bach.

Vor ihr der Eingang zu einem Park, in dem sie nie gewesen ist, der vielleicht erst in dieser Nacht begonnen hat, zu existieren, gemeinsam mit den Fassaden der Stadt, bauten sich Stück für Stück zusammen, und ihre Schritte langsam, wollen erkunden und hinterlassen Spuren auf dem schneebedeckten Asphalt, und auf einer Bank lässt sie sich nieder, hinter ihr ein Baum, der seine Äste neigt, vor ihr ein Brunnen, trocken, versteinerte Figuren, die ihm entwachsen sind,
könnten sich bewegen, könnten flüstern,
und er, den sie eben erst verlassen hat, kehrt zurück in ihre Gedanken, einzelne Momente des Zusammenseins,
ein Blick,
ein Lächeln,
versteinert in Erinnerung,
ein Wort,
doch seine Stimme fern, so als gäbe es sie nicht,
ihn gibt es nicht, er ist ein Trugbild, herbeigesehnt,
alles Lüge,
alles Einbildung,

sie hört Schritte und schreckt hoch, sieht sich um,
hört diese Schritte näher kommen,
und doch ist niemand hier,
schleichende Schritte, gestaltlos, schaben über den Asphalt, kommen näher,
sie steht auf und lauscht den Schritten,
geht ihnen nach, erst langsam,
geht Wege, verschlungen, inmitten von Baumdunkel und Gebüsch,
nichts,
niemand,
doch das Schaben der Schritte über den Asphalt verstummt nicht, ist manchmal nah, bedrohlich, manchmal in die Ferne gerückt, und sie blickt nach links, blickt nach rechts, dreht sich im Kreis, will den Schritten folgen,
nichts,
niemand,
und plötzlich Stille,
auch ihr Körper still, versteinert,
sie schließt die Augen, hört hinein in diese Stille, hört dieses Etwas, leiser Herzschlag, der in ihr pocht, ist nicht der eigene,
fremdes Herz, das aus mir flüstert,
und sie macht die Augen wieder auf,

kein Park mehr, der sie umgibt,
nur ihre Stadt, vertraute Stadt,
und sie muss lachen,
lacht auch seinem Schatten im Laternenlicht.

11

Milchglaserinnerungen brechen aus mir heraus, Scherben, die sich vor mir ausbreiten, ich muss sie zusammenfügen, die verblassten Polaroids, herausgerissen aus dem Fotoalbum meiner Vergangenheit, unscharfe Momentaufnahmen, in keiner Schatzkiste versperrt,
die Mutter und die beiden Töchter vor dem rostigen Gartenzaun, dahinter das Eigenheim und der Garten, der viel zu überschaubar war, und dessen gezähmtem Wildwuchs ich entkommen musste,
verschwommener Farbverlust,
und die Mutter lächelte Natalia zu und legte schützend ihren Arm um sie,
ein Gartenfest als seltene Gelegenheit, die Großeltern zu sehen, die fern ihre Heimat hatten, sie brachten Geschenke, brachten Leben,
und die Großmutter packte mich in einen roten Mantel, er war mir viel zu groß,
wirst schon noch hinein, sagte sie, wirst wachsen und erblühen, und umarmte mich und kniff mir in die Wange,

und Natalia war neidisch, weil ihr Mantel blau gewesen war, zerschnitt ihn mir, zerbrach auch die Spieluhr, die mir Großvater geschnitzt hatte, sagte, achtlos habe sie mit dem Staubtuch darübergewischt,
sagte, so ein Pech,
sagte niemals, es tut mir leid.

Die Polaroids legen sich wie schwere Daunen auf mich, Natalias Schaukel, die sie mit Bändern verzierte, mit Herzchen bemalte, von der sie mich verscheuchte, kam ich zu nah,
Natalias Plattensammlung, ganze Nachmittage, in denen sie nur ein Lied hörte, wieder und wieder dieses eine Lied, und sie sang und tanzte mit, und ich war in der Unerbittlichkeit des Winters gefangen, in dem Zimmer, überheizt, das wir uns teilten,
ich teilte, sie teilte nie,
sie sagte, Taggespenst, sagte, trotzig, sagte, dass ich langweilig sei, zu dürr, zu groß, schlichtweg hässlich, sagte, nie wird dich jemand küssen wollen, niemand dich je begehren,
damals,
ihr wippender Zopf,
ihr Augenaufschlag ein Flügelschwung,
Phrasen,

Phrasen von einer Mutter übernommen, die immer alles besser wusste, die zu allem eine Meinung hatte, die sie bei anderen aufgeschnappt hatte, die sich kleidete, wie sie sich kleidete, weil andere sagten, es stünde ihr, nein, nicht der lila Schal, nicht die grüne Bluse, und auch deine Töchter, hörst du, zieh sie anständig an,
Schnappschuss,
zu dürr, zu groß, schlichtweg hässlich, sagte meine Mutter, als ich nackt vor dem Badezimmerspiegel stand, und sie lachte schrill, kommst nach deinem Vater, sagte sie, ich hasse ihn,
auch Natalia lachte,

und im Haus der Kindheit, das auch den Garten umspannte, waren alle Türen aus Milchglas, an dem es niemals klopfte, schabten doch nur Nägel daran, schabten von unserem Zimmer in ein Außen, und lautlos in Natalias Tagebuch,
liebes Tagebuch, schrieb sie,
könnte ich sie töten, ich täte es,

all die Scherben will ich zusammensetzen, bevor der nächste Traum mich holen kommt, er mich holen kommt,
er,
steht zwischen Licht und Dunkelheit, steht zwischen Türen,

zwischen den Milchglasmomentaufnahmen,
sein Schatten hat sich in meine Polaroids geschlichen,

einmal war es, dass das Milchglas brach, weil ich Natalia schubste,
nicht fest genug,
blieb nur ein Kratzer, und der heilte schnell, blieb die Erinnerung an Schläge, die mir Mutter gab, der eigenen Schwester, sagte sie, tut man nichts zuleide, man liebt sie, ehrt sie, merk dir das,
merk dir das,
und in diesen Scherben rieche ich Jasmin und Kirschtabak, er in meinen Träumen, hartnäckig, seine schleichenden Schritte, seine Gestalt von mir abgewandt, kaum noch höre ich seine Stimme, kaum noch erinnere ich mich an sein Gesicht, entzieht sich mir, auch dieses Etwas,
für den Moment lasse ich es ziehen,

geführte Handgriffe,
seine Bewegungen, die in mich dringen möchten, die ich manchmal an mir spüre, bewege ich mich nicht bedacht genug,
seine Skizze, sein Pinselstrich,
noch ist es sein bemalter Himmel, in den er blickt.

12

Das Stück Papier mit seiner Telefonnummer an die kahle Wand geheftet, umrahmt mit Bleistiftstrichen, sie starrt darauf, starrt auf etwas, das weit hinter den Zahlen und den Milchglaserinnerungen liegt,
draußen kalte Sonne, schiebt sich langsam in das Zimmer,
keine Träume letzte Nacht, nur dieses stille Wachen, nur der Blick auf seine geschwungene Schrift, Wellengang in schwarzer Tinte,
Außenwelt, ein Lachen, dann ein anderes, ein lautes Wort im Scherz gesagt, und sie erhebt sich aus ihrer Starre, nähert sich dem Fenster, lässt sich blenden vom Sonnenlicht, nur kurz, dann geht sie einen Schritt zurück, hält inne, zögert, wartet, und geht erneut den einen Schritt ins Licht.

Leichtfüßig nimmt sie den Weg zum Hotel, und ein Lächeln spielt um ihre Lippen, setzt sich fest, bis sie an der Ecke ist, nah dem Hotel,

kein Bettler, der Liebe flüstert,
keine Fratze,
kein Segensspruch,
und sie kramt nach Münzen, lässt sie ihm liegen, blitzen auf im Sonnenlicht, verblenden nicht,
das Hotel ist zu einer Fassade geworden, hinter der nichts liegt, ist bloß eine weitere Kulisse, zerbrochenes Neonschild, geschlossene Fenster, Vorhänge zu, Betten überzogen,
Menschenschmutz,
und in der Lobby ätzt der Geruch von Putzmittel, Dreck, sieht nur anders aus bei Tageslicht, und dieses Licht vertreibt die Gespenster, die Jahrzehnte zwischen dem Plüsch gekichert haben,
Schicksale,
Verletzungen,
denen ich nie ausgeliefert war,

die Lobby leer,
füllt sich mit Begegnungen der Nacht,
Lichtspuren zerreißen das Parkett,
und der alte Mann und das junge Mädchen stehen an ihrer Seite,
das Mädchen lachte laut, nachdem der Alte es gebissen hatte,

eine Betrunkene stemmt sich gegen sie,
stemmte sich gegen die Rezeption, es reckte sie, dann flossen Tränen und mit den Tränen aus ihr heraus,
dass sie alles verloren hatte, und das in einer Nacht,
aus dem Licht heraus, aus dem tanzenden Staub, nach dem sie greifen könnte, tritt der Mann mit Aktentasche,
holte seinen Schwanz heraus, stöhnte, und spuckte, als er kam.

Sie drückt die Klingel, gleich noch einmal, drückt sie, bis der Tagportier aus einem der hinteren Zimmer gelaufen kommt, ist außer Atem, überrascht, sie hier zu sehen, was machst du hier?, fragt er, und Wut liegt in seiner Stimme, du bist zu früh, sagt er, wischt sich den Schweiß in sein Jackett,
auch er sieht anders aus im Tageslicht, breiterer Mund, die Wangen aufgequollen, tritt hinter der Rezeption hervor, sein Atem kratzt an ihrem Hals, warmer Atem, der sich mit ihrer Kälte mengt,
und sie belächelt die bebenden Lippen, Bleistiftstriche im Gesicht, das keine Knochen zeigt,
dass sie sich freinimmt, sagt sie,
frei?, fragt er, und wann?,
ab heute, sagt sie, nächste Woche bin ich wieder hier,

er will Widerworte sprechen lassen, doch nichts an Worten dringt aus ihm heraus, und er legt die Hand auf ihre Schulter,
will festhalten, was nicht zu halten ist,
passt's ihm nicht, sagt sie, könne er sich eine andere suchen.

Die Münzen schimmern in der letzten Sonne, ist ein verkehrter Weg, den sie nimmt, in eine umgedrehte Welt, hin zum Geschäft, und einmal nicht im Dämmerlicht,
einmal ohne Schatten,
nichts da, das nach ihr greifen will,
ihre Finger flattern, ihre Schritte eilen,
hin zu Hillas Zwischenort,
noch ist es dunkel im Inneren,
und sie stellt sich an ein Fenster,
nichts,
niemand,
nicht einmal ihr Spiegelbild,
Mädchen,
Mädchen,
flüstert es,
und im Erschrecken dreht sie sich um,
Hilla lacht, lacht lauter und der Körper wankt,

Augen, die mich fressen wollen,
und Hilla fragt in ihrem Lachen, habe ich dir etwa Angst gemacht?,
nein, Hilla, sagt sie, lügt, lügt nicht,
pass auf, Mädchen, sagt sie und lacht nicht mehr, pass auf dich auf, sagt sie oder sagt sie nicht, und geht an ihr vorbei, zur Tür, sperrt auf, sperrt sich in die eigene Dunkelheit.

13

Dunkelheit ist die Abwesenheit von Licht,
ein Trugschluss,
kein Schatten sichtbar, spürbar jedoch, dass Schatten größer und schneller sind als Licht,
etwas, das da ist, und dennoch fehlt,
und die Welt ist hinter dem schwarzen Molino versteckt, und er in ihr und abgeschottet, und sie zurück in einer Fassung, in der Hilla längst Erinnerung geworden ist,
Licht aus der Deckenbeleuchtung, zu viel Licht mengt sich mit dem Vogelgesang der Klingel,
sie bleibt stehen,
er spricht über einen Tisch gelehnt mit einem Kunden, ein Mann mit Hut und einem dünnen Mantel, der bis zum Boden reicht, dreht sich nicht um, fragt laut, und nächste Woche kann ich ihn holen?,
ja, nächste Woche, sagt er, so etwas braucht Zeit,
ist ein Geschenk, sagt der Kunde, ich muss mich auf Sie verlassen können, meiner Mutter geht der Hund

schon ab, und zieht aus der Manteltasche eine Geldbörse, und aus der Geldbörse ein Kärtchen und wirft es auf den Tisch,
abgegriffenes Leder,
abgegriffenes Papier,
Sie rufen an,
ich rufe an,
und der Kunde wendet sich zum Gehen,
leeres Gesicht, faltenlos, frei eines Lebens, das es zu erzählen lohnt,
und schön, sagt der Mann, will ich den Hund, lebendig, Sie verstehen, der Hund soll meiner Mutter wieder Freude machen, dann geht er forsch an ihr vorbei, streift ihren Ärmel.

Sie nähert sich, und mit jedem Schritt, den sie auf ihn zugeht, ändert sich etwas an ihm, Ausdruck, Haltung, etwas fällt ab, etwas anderes kehrt wieder, sein Lächeln, das nur ihr gehört, und sie legt die Hand auf den Tisch, klopft mit den Fingern auf das Kärtchen, schiebt es vor, zurück, und seine Hand legt sich auf die ihre, sie senkt den Blick,
Licht etwas, sagt sie, in dem ich mich nur langsam bewege,
Licht etwas, sagt er, das ich dir vorsichtig geben kann,

sie schweigen, sehen mehr als dieses Etwas, das sie ineinander suchen,
und er nimmt die Hand von der ihren, kommt hinter dem Holztisch hervor,
sie sieht ihm nach,
ich war enttäuscht, sagt er, dass du einfach so gegangen bist, nicht jede, die ich kennenlerne, lade ich zu mir ein,
nicht jedem, sagt sie, folge ich ins Licht,
gut, sagt er, jetzt können wir weitermachen, geht zur Eingangstür, sperrt sie von innen ab, schaltet die Deckenlampen aus,
und die toten Tiere sind zurück,
und im Widerschein der Schreibtischlampe ihre Schatten,
und mit den Schatten die Geborgenheit.

Sie greift nach seiner Hand und lässt sich zu ihm ziehen, ganz nah, ganz in seine Arme schmiegt sie sich,
riechst immer noch nach Winter, sagt er,
sie lacht leise auf, lässt den Kopf in den Nacken fallen,
lauf nicht mehr weg, sagt er,
und sie flüstert, dass sie bleiben wird,
dann sein sanfter Druck zu einem der Regale hin,
nah den Tieren und ihrem weichen Fell,

und nah sind seine Lippen an ihrem Mund,
eine ausgestreckte Pfote, die sich in ihren Nacken legt,
sein Flüstern, dass er sie jetzt küssen wird,
Jasmingeruch,
die Pfote streichelt sie,
und dann der erste Kuss.

14

Ein Märchen, das sie vergessen hat,

es war einmal ein Mädchen,

kam mit seinem Kuss die Erinnerung daran zurück, diesem ersten Kuss, den sie sich erträumt hatte,

ein Märchen in Splittern,

kommt mit der kleinsten Bewegung, die er ihr schickt, seine Lippen, seine Zunge, seine Hände, die sie streicheln,

ihre Lippen, ihre Hände,

die sie liebkosend zwingen, einzelne Berührungen, jetzt, die zu Worten werden, die einmal gesprochen wurden,

auf der Lichtung geflüstert,

und um diese Worte legt sich ein Gesicht, und an das Gesicht formt sich ein Körper, Mädchenkörper, der erblühen will, der Liebe empfängt und Geschichten erzählt, Worte schenkt,

ihre Worte, noch kann ich sie nicht greifen, noch sind sie dieser Luftzug, der sich nicht fassen lässt.

Sie stöhnt, als er sie fester gegen das Regal drückt und seine Hand sich an ihren Hals legt, es ist ein leichter Druck, schnürt zu, nimmt ihr den Atem, bis sie ersticken will,
das Flüstern, es war einmal, das Mädchen, mit dem ich alles teilte, es war einmal,
ich war einmal,
ich war einmal,
und er lässt ab von ihr, sein Atem schnell, sie kann ihn hören, spüren, dass sein Atem in sie dringt,
genug, sagt er,
genug, sagt sie in dieser anderen Stimme,
genug, sagt sie dem Mädchen, Wange an Wange, das strähnige Haar, trug es immer offen, bewegte sich nicht im Wind,
die Pfote kratzt, und sie macht einen Schritt nach vorne, wird Spuren hinterlassen, feine Risse, die sie nicht zählen muss, und langsam öffnet sie die Augen und nimmt die Umgebung wahr,
Geborgenheit,
er hat sich hingesetzt, malt mit dem Zeigefinger auf die Stuhllehne, sieht nicht hin, sieht sie an, sein Blick will fordern, er lächelt nicht,
es war einmal, sagt sie,
weiter, sagt er, ich will mehr von dir,

es war einmal ein Mädchen, das auf einer Lichtung saß und wartete, es zählte die Schatten, die die Bäume warfen, zählte sie und dachte sich in diesen anderen Wald, der sich in die Wiese zeichnete, in diese umgekehrte Welt, dachte sich auch an die Seite einer anderen, strähniges Haar, sie trug es offen, und kam Wind auf, keine Strähne bewegte sich, Hand in Hand, Wange an Wange, schüchtern, und die Lippen berührten sich, zärtlich zwischen den wandernden Schatten,
weiter, sagt er, weiter, wieder fordert sein Blick,
und die Schatten, sagt sie, legten sich um sie, schützend vor dieser anderen Welt, fern der Lichtung,
verdrängt, vergessen,
komm näher, sagt er,
in Splittern, sagt sie, diese Geschichten, ihre Lippen, ihre Hände,
näher,
deine Finger, fragt sie, malen sie mein Gesicht?

Lange bleibt er still, dann lacht er, lacht über etwas, das er nicht erzählen will, das in ihm eingesperrt ist, lacht, bis er an der Eingangstüre ist, sperrt sie wieder auf und geht zu ihr zurück, der Hund, sagt er und

streicht ihr sanft durchs Haar, ich habe Arbeit, aber später, sagt er, will ich dich wiedersehen,
später, sagt sie, warte ich auf dich,
später, sagte sie, warte ich auf dich,
warten,
sonst nichts,
kein Abschied,
kein Ende,
kein Beginn,
und sie spürt, wie unsicher er geworden ist, spürt eine andere Verlegenheit als jene, die sie und ihn verbindet,
es tut mir leid, sagt er, du musst gehen,
ich weiß, sagt sie,
und er streicht ihr über die Wange, haucht ihr keinen Abschiedskuss.

Ich war einmal,
ich war einmal,
ein Mädchen, das gerne auf der Lichtung saß, die nur mir gehörte,
meinen Gedanken, meinen Träumereien,
Sommerort, der zwischen Frühling und Herbst ein Zuhause bot,
es blühte Klee, es schwirrten Insekten,

ich spürte feuchtes Gras unter meinen Zehen, und Wind kitzelte auf meiner Haut,
sie, ein Windstoß,
ein Wolkenbruch bei blauem Himmel,
kein Zufall,
keine Geschichte, die man vergisst.

15

Worte geflüstert, begleiten sie in der Dämmerung, die bald zur Nacht wird, sternenklar, kalt, in ihr ein Schaudern, denkt sie an den Kuss, spürt seine Hand, die ihren Hals berührte, die Pfote, die nach ihr gegriffen hat,

dieses Etwas,

stark in ihr, pocht anstelle ihres Herzens, das sie vermisst hat,

nicht vermisst, entschieden habe ich mich, es wegzusperren,

und pocht noch etwas anderes, noch so ein abgelegtes Gefühl,

Sehnsucht,

sein Geruch, der an ihr haftet,

die Berührungen,

der erste Kuss,

nein, war nicht auf der Lichtung gewesen, war ein Innehalten auf dem Weg dorthin,

und sie griff nach meiner Hand, zerrte an mir, zog mich zu sich, grob, bis meine Lippen an den ihren waren,
entkam nicht, wollte nicht entkommen,
aufgepasst, so hieß es, wir müssen vorsichtig sein, kleines Geheimnis, so hieß es, ist nun geteilt,
unser Geheimnis,
das wieder dir und mir gehört.

Er und sie, auch ein geteiltes Geheimnis, das dem Gegenüber noch im Verborgenen liegt, und sie muss schmunzeln, denkt an den Hund, denkt, dass seine Hände über das tote Fell, es abziehen, und eisig der Metalltisch, auf dem das Tier gebettet, auch das Herz, Herz, ihres, das schlägt, langsam, langsamer werdend, bis es im Stillstand in sich zusammenfällt, schrumpft zu einem schwarzen Klumpen, hart, ganz ungeschliffener Diamant, den er umklammert, und ihn später zu den Sternen in seinen Himmel wirft,
geteilter Himmel,
geteilte Nacht, hat keine Schatten, hat die Sehnsucht, ihn wiederzusehen, auf ihn zu warten im geteilten Zwischenort,
und ihrem Herzschlag gleich macht sie sich auf den Weg, und Hillas Lachen ist in ihren Gedanken zurück,

keine Angst, die mich begleitet,
und dumpfes Licht zieht sie ins Lokal,
lockt Ungeziefer, das ich bin,
vor der Tür die Stimmen, die von drinnen sprechen, einzelne Worte aufgeschnappt, ein Morgen, ein Gestern, mit Lachen getränkt, ein Schritt noch und sie steht im Lokal, sieht Hilla nicht, sieht nur all die Blicke, die auf sie gerichtet sind, starren stumm von den besetzten Tischen, nur der geteilte Tisch ist frei, wartet, spottet ihr.

Sie setzt sich in sein Gegenüber, in seine Hülle, die sie umschließt,
Jasmingeruch,
und den Blicken, die sie gefangen halten, lächelt sie, bis sie erneut zu Stimmen werden und sich aufs Morgen, aufs Gestern, auf ein Vielleicht konzentrieren, Rauchschwade, die unter der Decke hängt, und die Glühbirnen in den Lampen zeigen sich als Sterne dieses Zwischenorts, und aus der Küche hinter dem Thekenholz vernimmt sie Musik und ein Klappern, nun auch Hillas Stimme, die schreit, es muss schneller gehen, muss, sonst heuere sie jemand anderen an, dann Hillas Lachen, dann ihre Gestalt, die sich aus der Küche hinter die Theke schiebt, und die Brillengläser

funkeln im Licht, funkeln in ihre Richtung, nehmen Witterung auf,
riecht mich, bevor sie mich sieht, kennt mich und meine Gedanken,
Hilla stellt wortlos Teller an einem der Tische ab, winkt Bestellungen ab, sagt, später, sagt, das Glas ist noch halb voll, und setzt sich, unaufgefordert, neben sie, sagt nichts,
auch sie sagt nichts, will Hillas Funkeln ein eigenes entgegenhalten,
und Hilla greift nach den Zigaretten, zieht sich mit ihren langen Nägeln eine heraus, ein Nagel eingerissen, steckt sich die Zigarette zwischen die Lippen, wartet, dass sie ihr Feuer gibt,
sie gibt ihr Feuer,
Hilla bläst den Rauch an die Decke, Lufthauch, der Abgestandenes durcheinanderwirbelt,
er kommt noch, oder?, fragt Hilla, will keine Antwort hören, du hast es ihm angetan, Mädchen, sagt sie, hast etwas an dir, das er nicht in jeder sieht, das er sucht, und du hast es gefunden, schlaues Kind,
was habe ich gefunden?, will sie fragen, tut es aber nicht, schlau bist du, sagt Hilla, bist eine, der man auf die Schliche kommen muss, und Hilla hebt die Hand und zeigt mit der Zigarette auf die verblassten Aquarelle,

die, sagt Hilla, sind von ihm, würde man nicht glauben, ist Ewigkeiten her, haben so gar nichts, nicht?, mit ihm zu tun, so ganz ein anderer Mensch, der sie hätte malen können,
so ganz ein anderer Mensch,
und Hilla dämpft die Zigarette aus, ein Bier?, fragt sie,
ein kaltes.

Ihre Finger, die über das Glas streichen, bis es umrundet ist, und das Bier schmerzt in den Zähnen, und sie kratzt in den Kerben des Holzes, kratzt die Kerben tiefer, immer weniger Stimmen, die sie umhüllen, kein Morgen, kein Gestern mehr, und Hilla ist eins mit ihrem Zwischenort, sieht nicht mehr zu ihr, auch die Aquarelle bleiben stumm, erzählen nichts über den Menschen, der er einmal war, diesen anderen Menschen, der die Bilder nicht versteckte,
an diesen Wänden konserviert,
und ein kalter Luftzug lenkt ihren Blick zur Tür, zu ihm, sein Kragen hochgeschlagen, seine Hände stecken in den Manteltaschen, und er steht still, nickt Hilla zu, die den Gruß erwidert, nickt auch ihr, flüstert,
und ich verstehe,
es ist Zeit, wir gehen.

16

Sie beobachtet, wie er den Pinsel in weiße Farbe taucht, dessen Spitze an der Plastiktasse streift, dann wieder in die Farbe tupft, und zart setzt er den Pinsel auf die Leinwand, noch ist sie leer, noch diese Wolkendecke, unbemalt,
sie liegt auf dem Bett, ihr Kopf ist zu ihm geneigt, und sie streicht über das Leintuch, legt es in kleine Falten,
Unebenheiten, die ich brauche, als Gegebenheit,
Falten, die Landschaften sind, in die sie sich hineindenkt,
Winterlandschaft, reicht nicht bis zum Horizont,
das kalte Licht, es blendet, verblendet zu einem stummen Schrei,
und sie schließt die Augen, sieht trotzdem, dass er die Farbe auf die Leinwand malt,
gemeinsamer Atem,
gemeinsamer Pinselstrich,
Sehnsuchtsgedanken, obwohl sie ihm nahe ist,

auf eine andere gerichtet, das weiße Kleid, das sie mochte, das sie öfter trug, als es gewaschen war,
und sie lacht auf, hört, dass ihn ihr Lachen in Bewegung bringt,
er dreht sich zu ihr, lach nicht, sagt er, und deine Augen bleiben zu.

Bleiben zu, gedankenlos lange, bis er sich zu ihr setzt, weiße Farbe an seinen Händen, die sich in dünnen Linien in den Stoff des Hemdes zieht, und sie greift nach seiner Hand, streicht über das Weiß,
Risse,
Adern,
sie lächelt,
er lächelt, lässt zum ersten Mal geschehen, legt den Kopf zur Seite, seufzt leise,
sie setzt sich auf, streicht über seine Wange, seinen Hals,
seine Lippen öffnen sich,
sie streicht darüber, streicht ihm durchs Haar, nähert sich und gibt ihm einen Kuss,
er greift nach ihrer Hand, drückt sie von sich, drückt die Hand hinter ihren Rücken,
es schmerzt,
leg dich hin, sagt er, beweg dich nicht,

er wartet, dann lässt er ab von ihr,
und der Schmerz lässt nach, zieht in das Leinen, in das sie tiefer sinkt, legt sich wartend in die kleinen Falten,
er macht das Licht aus und zieht die Vorhänge zu,
weggesperrtes Außen,
zurechtgelegtes Innen,
sein Schatten bewegt sich auf sie zu, und hinter ihm die Leinwand, ein heller Fleck, lässt Konturen erkennen,
Winterlandschaft, weiß in weiß,
er legt sich neben sie, berührt sie nicht, liegt da, ihr zugewandt, und atmet, Atem, den sie an ihrer Wange spürt, ist weder warm noch kalt,
sie räuspert sich,
er sagt, sei still, sagt es liebevoll, sagt auch, dass er sie berühren will,
berührt sie, sanft seine Nägel, kratzen über ihr Schlüsselbein, den Stoff der Bluse, halten an den Knöpfen inne und lösen sie aus dem Stoff,
sie zittert, spürt die Nägel in ihrer Haut,
mal sanft, mal grob,
sie stöhnt, sie zuckt,
nicht bewegen, sagt er,
hör nicht auf,

Spuren, Risse, Wunden, die er auf ihrer Haut hinterlässt, die Wunden, Risse und Spuren ihrer Seele spiegeln,
verkehrte Welt, sie war einmal,
mit der letzten Träne in den Bach geschickt,
nie, sagt er, will ich deinen Namen hören,
werde schweigen, daran ersticken,
und er legt seinen Kopf an den ihren und seine Hand auf ihre Brust, sagt, du hast ein Herz, ich hör es klopfen.

17

Er und ich, eine ganze Woche, jeden Abend, jede Nacht, jeden Morgen,
und verlässt er morgens seine Wohnung, stelle ich mich schlafend, kein gemeinsames Erwachen, noch nicht, höre ihn leise in der Küche, leise im Badezimmer, und leise auch die Tür ins Schloss gelegt, er sperrt nicht ab, ist er gegangen, schlüpfe ich in sein Hemd, pastellbefleckt, und trinke den einen Schluck Kaffee, den er in seiner Tasse übrig lässt, schmecke den Kirschtabak, dort wo seine Lippen ihn zurückgelassen haben,
das weiße Bild bekommt Schatten,
huschen zwischen Schnee und Horizont,
und lange stehe ich davor und suche eine Gestalt zu erkennen, auf dem Tisch zwischen den Plastiktassen ein Stück abgerissenes Papier, eine Notiz, jeden Tag für mich bereitgelegt, je ein Wort mit schwarzer Tinte geschwungen,
mein Wort, geblieben vom bruchstückhaft Erzählten der vorangegangenen Nacht,
darunter eine Skizze,

Wort, Mädchen,
und die Skizze ist ein verzerrter Mund,
Wort, Nachtigall,
eine in sich verknotete Schlange,
Wort, Regenbogen,
ein zerbrochenes Glas,
Wort, Stille,
geschmückt mit einem Flügel, und in seiner Skizze steht geschrieben, dass der Engel fehlt,
schwarzer Engelsflügel, erinnert mich.

Das Papier in meiner Hand, mein Blick an die Decke,
neue feine Risse, ich versuche sie zu zählen,
liege, bis ich träume,
träume, bis die Dämmerung mich weckt,
träume sein Leben, wie es vielleicht einmal gewesen war,
kein Traum, der haften bleibt,
kein Geheimnis, das sich offenbart,
leere Träume, leere Aquarelle,
er fehlt mir darin,
riechst immer noch nach Winter, sagt er,
nein, denke ich, ich rieche nur nach dir,
etwas fehlt,
jede Nacht ein Stück weiter aufgeknöpft, bis ich nackt war, lag nackt in Dunkelheit an seiner Seite, berührte ihn

nicht, und er berührte mich nicht, wollte auch nicht, dass er mich berührt, wollte ihn nicht an mir, in mir spüren,
etwas fehlt,
und es lockt mich die Dämmerung in meine Stadt, die nicht mehr meine ist, die nun eine andere ist, ein Leben hat, Innenleben hinter Glas, zu gerne würde ich an die Scheiben klopfen,
ob mich diese Menschen hinter meinem Klopfen sehen?,
Essende, Trinkende, Spielende, Tanzende,
so viel Leben, es blendet mich,
bin hungrig,
durstig,
die Bedürfnisse sind zurück,
ich widerstehe,
sehe mir die Bilder, umgedreht, nicht an, lasse ihnen ihr Geheimnis,
zu früh dafür,
Nacht, die nicht mehr tröstet,
ich lasse sein Geheimnis ruhen,
Papierstückchen, die ich mir zu Hause an meine kahle Wand hefte, sie rahme mit zittrigen Bleistiftstrichen,
das Mädchen, die Nachtigall, der Regenbogen, und die Stille trägt der eine Flügel weit davon,
der Trafikant lächelt mir zu, die Frau des Blumenhändlers winkt,

etwas fehlt,
kein Zwischenort, an dem ich auf ihn warte,
es fehlt,
kein Geschäft, in das es mich ziehen darf,
fehlt,
fehlt die Geborgenheit,
zu viel Licht, es verblendet mich, reißt ein Loch in meine Hülle, reißt mich auf, zerrissen, bis wir einander wiedersehen,
im Stahlaufzug, Skelett, in dem wir gefangen sind, ich in dieser Dunkelheit,
und Rippenknochen schieben sich durch mein Fleisch,
Rippenknochen schieben sich durch mein Fleisch,
zerrissen,
schwarzer Engel, träume ich, der nicht mehr fliegen kann,

und im Stahlskelett dieses Etwas,

lauert, hat sich zwischen uns geschoben, unsichtbarer Schatten, den ich sehen kann, den er spürt, den er mit seiner Umarmung von mir kratzen will, mit seinen Nägeln, scharf, mit etwas, das er schweigend Liebe nennt.

18

Wort, Liebe,
er sagt, dass Sonntag ist, und dass sie einen Ausflug machen, ich will dir etwas zeigen, sagt er, trinkt seinen letzten Schluck Kaffee, eilt sich anzuziehen und treibt sie mit hastigen Küssen an,
wenn du brav bist, sagt er,
wenn ich brav bin?, und sie kichert,
bist du brav, habe ich später ein Geschenk für dich,
bist du brav, habe ich ein Geschenk für dich,
hört sie eine Stimme, könnte die von Natalia sein, hört sie in diesem Früher, diesem verblassten Polaroid,
nicht zu ihr gesprochen,
nicht an ihrem Kleid gezupft,
nicht an ihrem Haar gezogen,
und sie setzt sich, setzt sich gerade, atmet durch, damit kein Schwindel nach ihr greifen kann,
ihr schrilles Lachen,
was ist?, fragt er und kniet sich zu ihr,
ihr schrilles Lachen, sagt sie,

er greift an ihre Stirn, so heiß, sagt er,
so boshaft,
boshaft, sagt sie, mein Schwesterchen, sie war, nein,
sie ist ein schlechter Mensch.

Es war einmal ein Schwesterchen, war die Schönste von allen, hatte lockiges Haar, das im Licht golden glänzte, zu einem Zopf gebunden, tanzte es mit jedem Schritt, es trank die Liebe der anderen wie Himbeersaft, verschlang diese Liebe, gab nichts ab, war eitel, gehässig, und doch lächelte sie, verzauberte, obwohl sie log, bezirzte alle, die sich ihr in den Weg stellten, Mutter, Vater, Freunde, stahl Lichtungen, stahl Leben, bis wohlverdiente Krankheit ihr ein Stück Leben stahl und tiefe Wunden in ihrem Unterleib tiefe Narben hinterließen, sie zieren noch immer ihre blasse Haut,
und er legt ihr sanft den Finger auf die Lippen, sagt, warte, sagt, lass mich dir etwas zeigen, das ich dir nicht zeigen will,
sie schluckt ihre Tränen, schluckt Sonnenlicht, das ihn erneut zum Schatten macht, dunkle Silhouette, die die Knöpfe des Hemdes löst,
leg deine Hand auf meine Brust, sagt er,
sie zögert, ihre Finger flattern,

kalte Finger auf seiner warmen Haut,
spürst du sie?, fragt er,
ich spüre sie, sagt sie,
hauchdünne Narbe, über die ihre Fingerspitze streicht,
ein langer, feiner Schnitt hat ihn entzweigespalten,
tut mir nicht leid, tut mir nichts leid, das uns verbindet,
und noch einmal streicht sie über die Narbe, ihr Nagel
ein Skalpell, ritzt tief,
noch einmal, bis er ihre Hand ergreift,
es gibt weder Licht noch Schatten, sagt er,
sie sagt, Angst ist eine Erinnerung.

Hand in Hand über einen letzten Blätterteppich, seine Schritte den ihren angepasst, gehen sie schweigend durch die sonntagsleere Stadt,
nur sie und er im Straßenbahnwaggon,
ihr Kopf ruht an seiner Schulter,
er summt,
wohin führst du mich?, fragt sie,
wohin willst du geführt werden?,
sie sagt nichts,
er sagt, dann lass es geschehen,
wieder gehen sie ein Stück, es kitzeln sie Sonnenlicht und Wind, und vor ihnen der Zoo, eingebettet in dichtes Grün, stahlumzäunt, beim Eingang warten

Menschen, Mütter mit Kindern um sich geschart, Väter stehen um die Eintrittskarten an, Großmütter mit Süßigkeiten, Großväter mit ihren Kameras,
den Zoo willst du mir zeigen?,
nicht ganz, sagt er, wart's ab,
auch er kauft Karten, nimmt sie wieder an der Hand,
der Zoo?,
wart's ab,
ich will wissen, was du mir zeigen willst,
er beugt sich zu ihr, flüstert, dass ihr Ungeduld nicht steht,
Giraffen, Zebras, Elefanten,
sie bewegen sich,
Affen, Hirsche,
sie bewegen sich,
die Flamingos schreien,
und sie bleibt stehen, er mit ihr, und sie schauen den Vögeln zu, wie ihre Schnäbel durch das Wasser ziehen, wie das Federkleid sich plustert,
einer der Flamingos steht auf einem Bein, reglos,
könnte tot sein, sagt sie und nimmt die Haltung des Flamingos ein,
könnte tot sein, sagt er,
könntest ihn lebendig machen,
ja, sagt er, das könnte ich.

Auch der Pinguin, der hinter Glas die Flügel von sich streckt, sieht lebendig aus, sieht aus, als hätte die Zeit um ihn herum angehalten,
kaputte Uhr,
Tier und Uhrwerk eins,
der ist von mir, sagt er,
ein Herz, das einmal stehen blieb,
der Schnabel offen, der Kopf nach vorn geneigt,
als wollte er nach etwas schnappen, sagt sie,
wollte er, sagt er, in meiner Fantasie,
und er stellt sich hinter sie, legt seine Arme um ihre Brust, legt seine Wange an die ihre, in der Vitrine lächelt das gemeinsame Spiegelbild,
und er sagt, dass er sich zu jedem Tier auf seinem Tisch eine Geschichte denkt, eine kleine Lebensgeschichte, sagt er, die den Moment erzählt, den Moment, den es zu konservieren gilt,
und der Moment?, fragt sie, zeigt auf den Pinguin, zeigt auf das Spiegelbild,
das ist mein Geheimnis, sagt er, das ist mein Moment.

19

Wusste ich es doch, dass du mir etwas verschweigst,
Natalias Stimme,
und sie schreckt zusammen,
und er geht einen Schritt zurück,
sowas, sowas, sagt das Schwesterchen, der Zopf wippt,
und Natalia streckt ihm die Hand entgegen, zieht eine Braue hoch, kein Wunder, sagt sie, dass Sie mir verschwiegen worden sind, sie lacht,
und er nimmt ihre Hand,
Zufall, kann doch keiner sein,
das kann kein Zufall sein, sagt Natalia, aber meine Schwester, sagt sie und schickt einen Seitenblick, erzählt ja nichts, immer ist sie so still und in sich gekehrt, vermutlich hat sie mich auch nie erwähnt,
doch, sagt er, heute,
kann kein Zufall sein,
ich hoffe, dass es Gutes war,
nur Gutes, sagt er,
schön, dass auch er lügen kann,

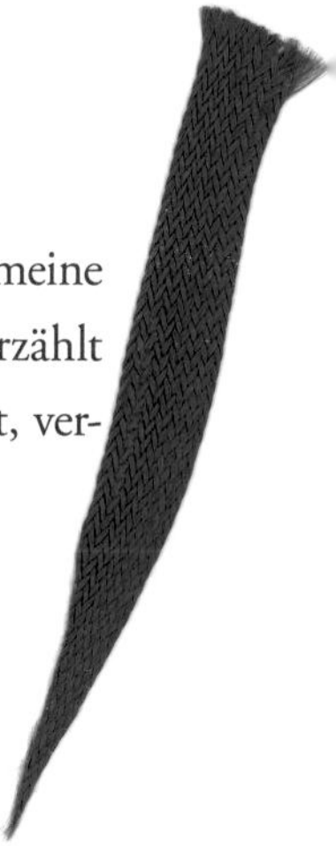

sieht ihr nicht ähnlich, sagt das Schwesterchen,
und Steffen?, fragt sie,
Steffen, sagt Natalia, sieht den Robben zu, und sie lässt ab von seiner Hand, winkt ihr und ihm, dass sie folgen sollen,
danke, sagt sie ihm leise,
und er sagt, nur für dich.

Blonder Engel, der ihr von einem Computerspiel erzählt, in dem er Zombies tötet, leuchtende Augen zeigen mehr als kindliche Begeisterung,
bitte, sagt Steffen, sie solle es Mama nicht sagen, Mama mag nicht, dass ich so etwas spiele, sagt, das verdirbt, und sieht zurück zum Schwesterchen,
Schwesterchen hat anderes im Sinn,
eingehängt an seiner Seite, tratscht sie ihm ihr Leben, und er nickt, bejaht, verneint, wenn Natalias Worte es erfordern,
sieht nur mich,
und sie spürt seine Blicke, spürt das Verlangen, das er ihr schickt,
spürt auch, dass er Steffen nicht geheuer ist,
der Junge drängt sie weg von ihm, zieht sie zu einem Käfig mit Papageien und zuckt zusammen, als ein Vogel nah an das Gitter fliegt, dann lacht er,

sie legt den Arm um ihn,
er blickt erneut zurück,
keine Angst, sagt sie, deine Mama sieht uns nicht,
ist gefangen in ihrer Aufdringlichkeit, umgarnt, wie sie es immer tut,
in Steffen flackert etwas auf, das hinter seiner Unschuld schlummert, hinter der Erziehung und Natalias Strenge,
ich sehe es, spüre es, vertraut aus dem Früher, kleiner Aufschrei, der auch aus mir gedrungen war,
und er hebt die Hand, formt sie zur Pistole, zielt auf die Vögel, zischt, stirb, stirb, nun auch mit der anderen Hand, stirb, stirb,
stirb, stirb, sagt sie und macht leise lachend mit.

Hinter ihr Natalias Stimme, Wortfetzen über Kindheit, das Haus nicht groß, bot wenig Platz für beide Schwestern,
die Vögel schreien,
bald die lange Krankheit, machte sie stark, so lebenshungrig,
flattern aufgeregt umher,
hat sich jedem, der es zuließ, an den Hals geworfen, hat jedem die Beine gespreizt,
und dann kam Steffen, den sie liebt, der ihr Ein und

Alles, sagt Natalia, und bald wird Hochzeit sein, er komme doch?,
die Schwesterhülle über ihn gestülpt,
und er hört zu,
und sieht nur mich,
Steffen lächelt, sagt, die Papageien sind tot,
tot, sagt sie, alle tot,
dann fragt Natalia mit Blick zu ihr, was er beruflich macht,
Maler, sagt er,
sie nimmt seinen Arm und führt ihn zu dem Käfig,
ich liebe Papageien, sagt sie, und bei Gelegenheit müssen wir gemeinsam essen gehen, wir alle, sagt sie,
krallt sich Steffen, küsst seinen Lockenkopf,
er sagt, wir werden sehen,
gut, sagt Natalia in ihre Richtung, ich melde mich,
und deutet Steffen, dass es Zeit für einen Abschied ist,
Abschied aus der Schwester Klauen und von ihrem falschen Licht.

20

Sonne, die sich weigert, zu vergehen, und ein Himmel, dem die Wolken fehlen,
fehlt mir, dieses Etwas, das sich hinter all dem Licht versteckt,
und der Weg wird rückwärts genommen, nicht Hand in Hand, in eigenen Schritten,
ich will nicht zu dir, sagt sie leise, will ins Geschäft,
ich will dir etwas zeigen, nein, geben, etwas, das du noch nicht bekommen hast, gut?,
gut, sagt er,
sie steigen an der nächsten Haltestelle aus,
sie folgt ihm, bleibt ihm nahe, so nahe, dass sie über die schleichenden Schritte stolpern muss, vorbei am Zwischenort, hat sonntags zu,
und vor dem Geschäft sieht er zum Himmel, das ist kein Himmel heute,
sie sagt nichts, beobachtet, wie er ihr die Türe öffnet,
Jasmingeruch,
sie tritt ein,

ein Hauch Moder,
ein Hauch Chemie,
und Dunkelheit,
und keine Schatten.

Sie hebt die Arme, streckt die Finger, versucht, den Raum zu greifen,
er sperrt die Türe zu und lässt den Schlüssel stecken,
kein Licht, sagt sie,
gut, sagt er,
sie schließt die Augen, atmet Moder, atmet Chemie, legt den Kopf in den Nacken, hört seine Schritte, sagt, bleib stehen, bleib, wo du bist und warte, und sie zieht den Mantel aus, den Pullover, den langen Rock, lässt alles auf den Boden fallen, bis sie nackt ist,

alleine bin ich,

fühlt das Leben, das in den Regalen lauert, spürt ihn, spürt, dass er näher kommen will, es nicht tut, und wartet,
und sie geht ein paar Schritte, bis ihre Hand sich an dem Metalltisch stößt, wie Eis, legt ihre Fingerspitzen aufs Metall, Eiskristalle, die über ihre Finger wachsen, komm zu mir, sagt sie,

ihre Arme, ihren Hals,
langsam, sagt sie,
Wangen, Lippen,
und legt sich auf den Tisch,
Rücken, Brustkorb,
wartet in Stille, bis er bei ihr ist.

Sein Atem schneidet ihre kalte Haut, schneidet auch seine Stimme, die sagt, sie solle nichts sagen, nicht einmal denken, dass sie etwas sagen will, und wehe, sagt er, wenn sie es tut, und streicht über ihren Körper, erst sanft, dann grob, und nicht bewegen, sagt er und schlägt ihr ins Gesicht,
sie stöhnt,
nicht bewegen, sagt er und schlägt sie fester,
Klaue, die in ihre Wange ritzt, tief in ihre Brust, in ihren Unterleib, in sie dringt und sie von innen spaltet,
sie stöhnt nicht, zittert nicht,
schau mich nicht an, sagt er, dann geht er weg vom Tisch,
sie dreht sich um,

alleine bin ich,

er kommt wieder, kalte Klinge eines Messers auf ihrem Rücken, er ritzt mit der Klinge feine Risse in ihre Haut, ihren Hals und ihre Arme, legt die Klinge an ihr Geschlecht, lässt sie dort liegen, man braucht eine Schere, ein Messer und ein Skalpell, um die Haut abzuziehen, sagt er, man braucht ruhige Hände, braucht Geduld, und auf der Seite schlitzt man die Tiere auf, manchmal vorne, manchmal der Wirbelsäule entlang, je nachdem, wie man sie später zusammennäht, man braucht Nadel, Faden, Draht, und die Liebe zum Detail,

ich brauche dich, sagt sie,

er sagt nichts, nimmt die Klinge von ihrem Geschlecht, zieht sie noch einmal über ihren Rücken,

ich brauche dich,

er lässt ab von ihr,

nach einer stillen Weile fragt er, ist es das, was du von mir haben willst?

21

Ist es das, was du von mir haben willst?, fragt sie in dieser anderen Stimme, die manchmal aus ihr spricht, setzt sich auf, hört, dass er das Messer auf den Schreibtisch legt und mit den Nägeln einen Rhythmus klopft,
warten,
sonst nichts,
er geht zu ihr,
und kühl spürt sie die Kette, die sich um ihren Hals legt, den Anhänger auf ihrer Brust, sie greift danach, will sich bedanken, mit einem Kuss, mit einem Wort,
kann nicht Liebe sein, darf nicht,
er geht weg, zurück zum Tisch, ist dir nicht kalt?, fragt er,
sie hält an dem Anhänger fest, bis sich die geschwungene Form in ihre Handfläche drückt, hört das Öffnen einer Lade, hört, dass er darin etwas sucht, hört ein Feuerzeug klicken, und kurze Zeit später zündet er den Docht einer Kerze an, die Flamme flackert, saugt sich den Sauerstoff, saugt sich seinen Schatten

und lässt ihn tanzen, auch die Schatten hinter den Tieren verändern sich, wandeln ihre Gestalt, wachsen, Klauen werden länger, Zähne spitzer, Augen weiten sich, Augen aus Glas, die lebendig scheinen,
ich will, was du willst, sagt sie, lügt, lügt nicht, schiebt sich vom Tisch und sammelt ihre Kleidung auf, dann geht sie zu ihm,
er zupft an ihrem Mantelkragen, zupft so lange, bis sie lachen muss, zieht sie zu sich und nimmt sie in den Arm, flüstert, dass auch er sie braucht.

Geh nicht, sagt er, hält noch immer fest an ihr,
federleichte Umarmung, die sie nicht erdrückt,
Jasmingeruch und Kirschtabak,
und ihre Winterlandschaft, die er in sich atmet,
sie spürt den schwarzen Flügel, den er ihr geschenkt hat, spürt ihn nah an ihrem Herzen flattern,
er sagt, komm mit, und lässt ab von ihr,
und der Flügel flattert in ihr Herz,
sie geht ihm nach, folgt ihm in die Dunkelheit eines ihr unbekannten Raumes,
Ahnung, die Erwartung weckt,
kein Licht im schmalen Gang, kein Ausgang diesmal, durch den er sie schickt, und er öffnet eine Türe, die bislang verschlossen blieb, sagt, warte kurz, und geht voraus,

der Flügel flattert aufgeregt,
der Duft nach Jasmin besticht,
das Licht der Deckenlampen flackert, eröffnet eine neue Welt,
kaltes Licht ist es, das sich auf das Metall legt, das den Raum zu einer Schatzkiste macht, funkelt silbern,
geblendet legt sie sich die Hand vors Gesicht,
flattert, flackert, funkelt ihr Herz,
das wolltest du doch, sagt er und setzt sich zur Arbeitsfläche,
sie sieht sich um, sieht graue Plastikkisten in den Regalen, rechts und links bis zur Decke hoch,
rechts, sagt er, hebe ich die Knochen auf, eine Zeit zumindest, solange bis mir der Platz zu knapp wird, und links sind Felle verstaut, die ich noch nicht gearbeitet habe, manchmal überlegen es sich die Kunden, können sich doch von ihrem kleinen Liebling trennen, und manchmal, sagt er, finde ich tote Tiere und bewahre sie auf, behalte ihr Fell, bis ich ihrem Körper eine Geschichte geben kann,
neues Leben, sagt sie,
nein, sagt er, nur eine Geschichte, was tot ist, ist tot.

Was tot ist, ist tot,
wessen Herz einmal zu schlagen aufhörte,

wessen Körper kalt,
wessen Stimme nur noch ein Flüstern,
komm zu mir, sagt er, setz dich, und zieht unter der Arbeitsfläche eine Kiste hervor, leer, sagt er, keine Sorge,
sie setzt sich zu ihm, legt die Hände in den Schoß,
du kannst wählen, sagt er, ein Eichhörnchen oder eine Krähe?,
eine Krähe, sagt sie,
dachte ich mir, dass du Kalis Begleiter wählst, Kali zerstört und erneuert, sagt er und steht auf, und Krähen begleiten sie auf ihrem Weg,
zerstört und erneuert,
stellt man Krähen einen Spiegel hin, sagt er, erkennen sie sich als sie selbst, und er geht zu einem Schrank, der neben einem der Regale steht, und als er den Schrank öffnet, strömt kalte Luft heraus, sein Atem sichtbar, und seine Hand umfasst eine Metallschachtel,
ich weiß, sagt sie, dass sie ängstlich sind,
ängstlich, ja, sagt er und kommt zurück, sie haben Angst vor allem, das neu ist, und obwohl sie neugierig sind, müssen sie sich an alles erst gewöhnen, an Menschen, andere Tiere, ihre Umgebung, selbst an Nahrung, die sie nicht kennen, und er öffnet die Schachtel,
eine Saatkrähe, ich habe sie gefunden, sagt er, zögert, kurz bevor ich dich in der Gasse fand.

Schwarzes Federkleid, leblose Hülle, die er behutsam aus der Schachtel nimmt und auf die Arbeitsfläche legt, die Flügel spannt, den Krähenkopf in ihre Richtung dreht, die Augen milchig grau, der Schnabel leicht geöffnet,
sie streckt die Hand und nähert sich der Krähe, die Finger flattern nicht, kalt, sagt sie, und nass,
muss nass sein, sagt er, damit man den Balg spannen kann,
kaum noch ein Körper,
sie streicht mit den Fingerspitzen über die Federn, und matter Glanz überzieht ihre Haut, dringt ein, tief, tiefer, für Augenblicke eine zweite Haut,
spürst du die Knochenreste?, fragt er, Flügel-, Bein- und Schwanzknochen, und der Schädel ist auch noch ganz,
sie streicht dem Vogel über den Kopf,
letzter Widerstand,
ein wunderschönes Exemplar, sagt er, sieht sie an, ich bin froh, dass ich es gefunden habe,
war es nicht verletzt?,
nein, sagt er, war einfach tot, fiel aus dem Himmel, damit ich es finden konnte, und damit du ihm eine Geschichte gibst, aber, bitte, gib ihm eine schöne Geschichte,

gut, sagt sie, eine schöne Geschichte,

eine, sagt er, die nur mir gehört,

es war einmal eine Saatkrähe, die aus dem Himmel fiel, fiel mit einem letzten Krächzen, fiel tief, weil sie in den höchsten Höhen geflogen war, wollte der Dämmerung entfliegen, flog schnell mit kräftigen Schwingen hin zu einem fernen Licht, und krächzte spottend, bis das Krächzen mit einem Mal erstarb, einfach so, und das kleine Herz hatte aufgehört zu schlagen, dann fiel sie, fiel sanft zu Boden, getragen von unsichtbarer Hand, und kein Knochen brach, und keine Feder knickte, toter Körper wartete, dass man ihn fand, dass du ihn findest, du ihn lebendig machst.

22

Er und ich in dieser einen Nacht, jasmingetränkt, in der ich keine gestohlene Geschichte erzähle, in der ich ihm zusehe, Handgriff für Handgriff, während er der Krähe einen neuen Körper gibt, Holzwolle geschickt geformt und mit Garn umwickelt, Draht gerade gezogen und zugespitzt,

und er lächelt, und ich frage, wie und warum er das eine oder das andere tut,

und ich lächle, und er fragt, warum es die Krähe in die höchsten Höhen trieb, in dieses ferne Licht,

ich schüttle den Kopf, sage, meine Geschichte, sage, dass jede Geschichte ein Geheimnis hat,

dann schweigen wir,

und er schiebt den Draht durch den Schädel in den Schnabelknochen, sagt, ist der Draht zu kurz, wackelt der Kopf, er legt die Augenhöhlen mit Watte aus, bringt sie mit Ton in Form, setzt die Glasaugen ein, die im Licht funkeln, näht den Schädel an den Halsdraht, nur ein paar Stiche, sagt er, für den Anfang reichen sie, er spannt die Flügel, verankert sie, sagt, man muss darauf

achten, dass sich der Flügel nicht verdreht, verankert mit Draht die Beine, streckt und biegt sie, klopft sie mit einer Zange auf ein Stück Holz, steckt lange Nadeln in den Vogel, damit er trocknen kann, damit sich das Gefieder nicht verzieht, sagt er,
damit die Krähe wieder fliegt, sage ich,
dann schweigen wir,
meine Geschichte und auch die seine für diese Nacht erzählt und in den Schlaf mitgenommen, nebeneinander im schmucklosen Zimmer, auf dem harten Bett, eine leichte Decke über uns geworfen, und seine Umarmung, die mir Wärme gibt.

Hörst du mich?,
spürst du mich?,
wirst mich verlieren,
willst mich verlieren,
wirst aufhören, an mich zu denken,
willst aufhören, dich zu erinnern,
spürst du meine Lippen?,
sie benetzen dich, spinnen dich in diesen Kokon, der Risse bekommen hat, bricht auf, und du lässt es geschehen, macht dich verwundbar, machst dich zu einer, die du nie sein wolltest,
ich kenne dich,

sag meinen Namen,
bitte,
sag ihn, damit ich nicht vergessen bin.

Der Engelsflügel brennt auf meiner Haut, brennt sich in mein Fleisch, brennt sich hindurch, auch seine Umarmung brennt, glühender Balken, der mich erdrückt, treibt mir die Hitze aus dem Körper, treibt mich in Atemlosigkeit, ich ersticke, sage ich, erst leise, dann schreie ich,
sag meinen Namen,
ich drücke seine Arme weg, und er wacht auf,
was ist?,
ich ersticke,
sag meinen Namen,
brauchst du Wasser?, fragt er,
ich brauche Luft, sage ich, setze mich auf, schiebe die Decke zur Seite,
drücke ihn weg, greife nach dem Flügel, steht in Flammen,
erinnere dich,
er will mir auf die Stirn greifen,
nein, sage ich, lass mich, und ich stehe auf, greife nach dem Flügel, heiß, heißer, und ich nehme ihn von meiner Brust,

auch er steht auf,
dunkler Schatten, er macht mir Angst,
alles ist gut, sagt er,
nein, sage ich,
geh nicht, sagt er,
geh,
ich strecke ihm die Hand entgegen, den Flügel, der nicht mehr brennt,
und er geht langsam auf mich zu,
Schatten hinter ihm, Schatten, die aus ihm greifen,
und ich lache, muss lachen, muss sagen, es ist doch nur ein Spiel,
es ist kein Spiel, sagt er, und trotzdem habe ich verloren,
ich lege den Engelsflügel auf den Tisch, streiche ihm über die Wange, hauche ihm einen Kuss, dann gehe ich,
draußen schneit es, und jede Schneeflocke höre ich als leises Flüstern,
sag meinen Namen, sag ihn,
ich sage, Henriette,
bitte, erinnere dich.

23

In der Morgendämmerung verwandeln sich die Risse an der Decke in die Erinnerungen von früher, Dämmerung, die in den Schlaf des Tages führen wird, und der Tag in eine Nachtschicht im Hotel,
noch ist Zeit,
und einer der Risse gibt die Lichtung frei, weitet sich, und Nachmittagslicht bricht zwischen Baumstämmen, Farne rollen sich ein, Brennnesseln stechen,
es juckt, sagte Henriette und griff sich an den Arm,
dann kratz nicht, sagte ich, und Henriette lachte, lachte mich aus, weil ich trotzig war, verhielt mich trotzig an diesem Tag, weil ich zu spät gekommen war, tat ich sonst nie,
was, glaubst du, passiert, fragte sie, lege ich mich nackt hinein?,
mach das nicht, sagte ich,
warum nicht?, hast du Angst um mich?,
ich habe keine Angst, sagte ich,
log, log nicht,

sie durchschaute mich, durchschaute mich von dem Moment unseres Kennenlernens an, ein Augenblick damals, der uns in einem Zufall aneinanderstoßen ließ, ineinanderkrachen, denn zu eilig, aus verschiedenen Richtungen kommend, waren wir um eine Ecke gebogen, und es tat weh, ihr Körper hart,

pass auf, sagte ich, trotzig, und doch in mich gekehrt, und hob meine Bücher auf, und sie reichte mir mein Heft,

ich passe niemals auf, sagte sie, zwinkerte, kicherte, zupfte an ihrem Rock, und ich sah sie an, sah sie zwinkern, kichern, an ihrem Rock zupfen, aufgeschundene Knie,

und sie bemerkte meinen Blick, sagte ich doch, ich passe niemals auf, das Aufpassen, sagte sie, ist etwas für Mädchen,

ich lachte,

ihr Haar war strähnig, sie trug es offen, und ihr Gang war gerade, ich sah ihr nach, stand einfach da, überhörte die Glocke, die mich in die nächste Stunde treiben sollte, überhörte die Schritte, die an mir vorbeidrängten, Körper, die sich an meinem rieben,

es gab nur sie,

und sie blieb stehen, drehte sich um, fragte, sehen wir uns nach der Schule?, rief mir leise ihren Namen, und doch hörte ich ihn.

Noch ist Zeit, noch schmelzen die herumwirbelnden Schneeflocken auf dem Asphalt, den Fenstersimsen, den Autodächern,
noch waren wir nicht ineinander verliebt gewesen, noch wartete ich vor dem Schulgebäude,
ich wartete oft auf Henriette,
sie ließ mich mit Absicht warten, das kleine Biest, damals, nachdem ich ihr meine Lichtung gezeigt hatte und den Weg durch den Wald, den nur ich kannte,
verzauberter Wald, sagte sie, und in jedem Baum sitzt ein kleines Monster und will, dass ich dir seine Geschichte erzähle, aber hör gut zu, flüsterte sie nah an meinem Ohr, jede Geschichte erzähle ich nur ein einziges Mal, denn jede Geschichte, die erzählt ist, befreit eines der Monster, dann lachte sie, brach ein Stück Traubenzucker entzwei, legte eine Hälfte in meine Hand, knabberte an der anderen,
sie legte oft ihre Hand in die meine, ließ sie dort ruhen, damit ich spürte, ich war ein Teil von ihr,
noch ist Zeit, sagte sie damals, als sie aus dem Schulgebäude kam, noch muss ich nicht nach Hause, und du?,
nein, sagte ich, log,
und wir spazierten ein Stück, schwiegen, dann zog sie mich auf eine Bank, teilte einen Kaugummi, steckte ihn mir in den Mund,

Kirsche, sagte sie, oder Traube?, schmeckt doch alles gleich, Kaugummi, immer Kirsche oder Traube, den sie ihrem Bruder stahl, kleiner Bruder, sagte sie, ich mag ihn,
große Schwester, sagte ich, ich hasse sie,
magst du Musik?, fragte sie,
ich sagte, ich mag Stille,
und Henriette lächelte.

Wieder ein Riss, der sich weitet, legt den Blick auf das alte Haus frei, das wir gemeinsam entdeckt hatten,
du und ich, im ersten Sommer,
in meiner Erinnerung war immer Sommer, Frühling oder Herbst, nie Winter,
nein, Winter war es nie,
war immer Sonne, immer dieses wärmende Licht, das dich umfing,
umfing dich,
war immer Licht anstelle deines Schattens,
erinnerst du dich an das alte Haus?, es roch eigenartig, roch vermodert, roch, als lebte etwas Verwesendes darin,
kein Monster,
es stand leer, und das Glas der Fensterscheiben war gebrochen, auch vom Dach fehlte ein Stück, und um den Tisch herum wuchsen Brennnesseln, im Haus wuchs auch Löwenzahn,

Pusteblume, ich pflückte sie dir, pustete dir Geschichten, jedes Mal eine neue Geschichte, einen Anfang, ein Mittendrin,

kein Ende,

zu einem Ende kam es nie,

ich unterbrach die Geschichten, hatte es eilig gehabt, sie zu halten, zu küssen, zu berühren, ihre Haut,

deine Haut, die nach Sommer roch,

wir lagen im alten Haus und sahen die Sterne im Stück Himmel über uns, wir schwiegen, wenn wir einander berührten,

schwiegen ganze Nächte lang.

Steht nicht mehr das alte Haus,
gibt auch keine Lichtung mehr,
und wenn sie nicht gestorben sind,
dass ich nicht lache,
leben sie noch heute,
leben nennt man das nicht,
nur ein Spiel,
und was kriege ich, wenn ich gewinne?,
kleines Biest,
grausame Bestie,
dein Schatten über mich geworfen,
schwarzer Flügel, der sich schützend um mich legt,

verkehrte Welt, in der das Tote lebendig,
und das Lebende sterben muss,
vom Himmel fällt,
Knochen brechen,
alle Federn sind geknickt,
er, mein Schatten, gespalten,
ich vermisse ihn,
nein, dich vermisse ich,
dich liebte ich,
auf dich hätte ich für immer,
gewartet, mein Leben lang,
hab ich doch,
habe gewartet, und du bist nicht gekommen,
drang nur dein Schrei in mich,
dann deine Stille,
der Metalltisch, er erinnert mich,
nackt warst du, kalt,
und dein Haar war nass,
Knochen gebrochen,
und dein Körper aufgeschlitzt,
Rippen durch dein Fleisch geschoben,
und dein Schädel war nicht mehr ganz,
er, mein Schatten, hat mich an dich erinnert,
er hat mich zu dir zurückgeführt,
sag meinen Namen, Henriette,

nein,
Henriette, bitte,
nein.

Frischer Atem füllt ihre Lunge, Atem bis tief in die Bauchhöhle hinein, von der Krähe hat sie geträumt, von seinem Schatten, der ein Schatten bleiben muss, und sie lächelt dem Draußen zu, dem Abend, dem geschmolzenen Schnee, dass es draußen Winter ist, und in ihrem Inneren der Frühling naht, und sie setzt sich auf, macht Licht an, sieht zur Wand, sieht ihre Worte und seine Skizzen, sie nimmt den Bleistift,
stumpf ist er, und kratzt mit dem letzten bisschen Graphit an die Wand,
Henriette,
kratzt,
das Mädchen hinter dem Spiegelbild.

24

Handgriffe, Gesten, alles gleich, und doch an einen Ausgangspunkt zurückversetzt, der einmal gewesen ist, so wie ich einmal gewesen war,
und das Jetzt ruht hinter einem Schleier, in zeitverzögerter Langsamkeit, das Damals sitzt an ihrer Seite, zeigt sich im Spiegel, zeigt sich im Fensterglas,
ich, die Doppelung, die jeden Handgriff mit ihr tut, jeder Blick ein gemeinsamer, jeder Gedanke aufeinander abgestimmt,
vom Tagportier ignoriert, es bleibt sein Atem fern, sein Drängen, dieses oder jenes besser zu tun, aufrechter zu sitzen, offener den Gästen gegenüber zu sein, und die Putzfrau sucht das Gespräch, wie sie es in all den Jahren nie getan hat, sagt, dass man hier ordentlich umräumen müsste, weg mit dem alten Dreck, sagt, dass ihr Sohn Tischler ist, begabt ist er und sieht gut aus, ein hübscher Mann, der gerade keine Freundin hat, sie reibt sich die Augen und rückt ihren Ehering zurecht, er schneidet ihr in den Finger, in die raue Haut, die

nach Putzmittel riecht, nach der Chlorbleiche, in der sie das Bettzeug wäscht, beschmutzt, befleckt, nach jedem Dienst aufs Neue, dann geht sie, auch der Tagportier hat sich in sein Zuhause entlassen,
und mit Anbruch der Nacht ist die Stille zurück,
und mit der Nacht der Flügelschlag der Saatkrähe, der Sehnsucht heißt,
doch sie ruft nicht an, kostet die Sehnsucht in kleinen Bissen, beginnt, seine Nummer zu wählen, nie ganz, die letzten Ziffern fehlen,
ich gestatte es, gestatte aber nicht, dass sie den Umweg zum Geschäft nimmt, gestatte keine Zwischenorte,
er ruft nicht an,
er verweilt als dieser Schatten, den sie manchmal auf ihren Wegen sieht,
huscht hinter mir, biegt um Häuserecken, schleicht fern im Dämmerlicht, und hält manchmal inne, sodass er in den Himmel blicken kann,
Trugbild, das mich täuschen will,
Trugbild, das mich täuschen will,
Schatten, der im Laternenlicht verschwindet,
Schauer, der sich in den Nacken legt.

Das Etwas, noch immer namenlos, noch nicht ans Licht gebracht, noch ist die Geschichte nicht erzählt, und der Bettler lächelt, er wisse, wer mein wahres Gegenüber sei, sagt mir stumm, ich solle weitersuchen, noch sei nichts gefunden, vielleicht nur etwas anderes verloren, und ich tue sein Lächeln mit ein paar Münzen ab, gehe, gehe schneller, und spüre mit jedem Schritt die kalte Klinge an meinem Leib, an meinem Rücken, meinem Geschlecht, nur ein Spiel, darfst es spielen, solange du mich nicht vergisst.

Zeit vergeht, Tage, Wochen, Handgriffe, Gesten, Gedanken, alles gleich, und die rauen Hände der Putzfrau greifen hinter die Rezeption, greifen nach ihren Händen, wollen umklammern, und die Blicke des Tagportiers legen sich erneut auf ihre Brüste, ihren Arsch, alles gut so, wie es ist,
Natalias Stimme,
hat sich Sorgen gemacht, das Schwesterchen, weil sie lange nicht erreichbar war, hat gedrängt, sie wollten doch gemeinsam essen gehen, er, der Maler, sagt sie, er sei ein netter Mann, und bald ist Weihnachten, sie komme doch, und bring ihn mit, befiehlt sie und legt auf,
muss ich doch alle Jahre wieder,
heißt Zeit mit Natalia verbringen, sind nur Stunden und doch ziehen sie sich in Endlosigkeit, gleicher

Ablauf jedes Jahr, zuerst das Essen, das Herumstochern in den Bratkartoffeln und im Fleisch, dann die Bescherung, und Steffen wird vom Schwesterchen mit Geschenken überhäuft, nützliches Spielzeug, das er sich nicht wünscht, nichts davon braucht, und trotzdem freudig lächelt,
kleine Ratte, die gut täuschen kann,
und während Natalia den Abwasch macht, geht sie mit Steffen in sein Zimmer, er zeigt ihr Videospiele, die er unter seinem Bett versteckt, und sagt, dass er schon lange nicht mehr an das Christkind glaubt, glaubt an die Monster, im Kasten sitzen sie und unter dem Bett, glaubt an das Dunkle, vor dem Natalia ihn beschützen will,
ausgerechnet sie,
dann zeigt Steffen ihr ein Heft, in das er all das Dunkle kritzelt, zeichnet Monster, Zombies, Gliedmaßen von Körpern abgetrennt,
du verstehst das?, fragt er,
ich verstehe.

Und er, dein Freund?, fragt Natalia, warum hast du ihn nicht mitgebracht?, sagt, der Mann ist viel zu gut für dich, schade, dass wir nie gemeinsam essen waren,

sie sagt nichts,
schade, sagt Natalia, dass du immer alle verschreckst,
ich hab ihn nicht verschreckt, bin nur gegangen,
Bitteres schwingt in Natalias Worten mit,
vielleicht für immer, vielleicht auf unbestimmte Zeit,
etwas, an das sich das Schwesterchen erinnert, blitzt für Sekunden auf, ändert ihre Haltung, ihren Blick, und wird allzu schnell mit einem falschen Lächeln abgeschüttelt.

25

Zeit zu gehen, sagt sie, nachdem Natalia Steffen in sein Zimmer geschickt, ins Bett, Kuss auf die Stirn, liebevolle Umarmung, und leise die Tür hinter ihm geschlossen hat,
mein Junge, sagt Natalia und seufzt, ich bin so stolz auf ihn,
ich muss, sagt sie, will ins Vorzimmer und nach ihrem Mantel greifen,
bleib noch, sagt das Schwesterchen, sagt es bittend,
sie setzt sich, ganz nah, und doch ist das Schwesterchen entrückt in diese andere Stimmung,
Versöhnlichkeit,
wäre doch schade um die letzten Tropfen, sagt Natalia, und ihre Finger streichen über das Glas, umrunden es,
auf die Zukunft, sagt Natalia,
ein dumpfer Klang, als die Gläser aneinanderstoßen,
Natalia sieht müde aus, älter als bei Tageslicht, und im Widerschein der Christbaumkerzen der Mutter ähnlich, die schon lange tot und auf dem Dorffriedhof

begraben ist, und wieder seufzt das Schwesterchen, will gefragt werden, bekümmert,
doch sie sagt nichts,
wartet,
still und dunkel ist die kleine Wohnung, in der sich Natalia ein Heim geschaffen hat, dekoriert aus einem Katalog, sauber, ordentlich, alles an seinem Platz,
darf nichts verrückt werden,
zu Weihnachten, sagt Natalia, muss ich immer an ein Früher denken, weißt du noch, als wir Mädchen waren, als wir eine Familie hatten, als Mutter unsere Geschenke versteckte und wir danach suchten,
du, Schwesterchen, nicht wir, du hast danach gesucht, du hattest eine Mutter,
tagelange Aufregung, ob wir auch das bekommen würden, was wir uns gewünscht hatten,
du dir gewünscht, ich war wunschlos glücklich,
ich vermisse sie,
ich vermisse sie,
oft muss ich an Mutter denken, sagt das Schwesterchen, als sie starb, ist auch ein Teil von mir gestorben,
als sie starb, ist auch ein Teil von mir gestorben,
und Natalia drückt ihre Hand, wann, fragt das Schwesterchen, haben wir aufgehört, füreinander da zu sein?, wann hat die Familie aufgehört zu existieren?

Deine Familie, Natalia, meine, die ich fand, wurde mir genommen,
ein letzter Schrei, und sie erstarb,
ich war an ihrem Bett, sagt Natalia, so wie sie an meinem gesessen hatte, damals als ich krank war, als niemand dachte, ich würde die Krankheit überstehen, sie war Tag und Nacht an meiner Seite, und wo warst du?, wo warst du, als ich krank war?, wo warst du, als Mutter starb?,
und sie entzieht dem Schwesterchen die Hand, rückt den Stuhl zurück, will aufstehen,
es tut mir leid, sagt Natalia, das wollte ich nicht, nicht heute, bitte, bleib, es war ein schöner Abend, Steffen hat sich so gefreut, und das Schwesterchen kämpft mit den Tränen, legt sich die Hand auf ihren Unterleib,
auf ihre Narben, tiefe Schnitte, sie haben wehgetan,
für Steffen, sagt Natalia, und für sein Glück, glaub mir, gäbe ich mein Leben,
ich weiß, sagt sie, rückt näher zu dem Schwesterchen, ihren Tränen näher, die sie nicht mehr runterschlucken kann, legt einen Arm um sie, dann zögerlich den anderen, hält sie und lässt Natalia in der Umarmung heulen,
echte Tränen, echte Verletzlichkeit,
doch Natalia weint nicht lange, drückt sich aus der Umarmung, wischt sich die Tränen ab, versucht zu

lächeln und sagt, es wäre an der Zeit, dass wir beide glücklich sind.

Schatten mit einem Lächeln überspielt,
jetzt muss ich gehen, sagt sie,
danke, sagt Natalia, dass du noch geblieben bist,
dann steht auch sie auf, beschwingt, der Zopf wippt, die Augen tränenfrei, die leeren Gläser in die Hand genommen und in der Küche abgestellt, sie sagt, ich weiß, auch du hattest deine Auf und Abs,
so nennt sie das?,
so nennt sie das,
sie muss lachen,
und Natalia kommt zurück, was ist?, fragt sie,
nichts, und schlüpft lachend in die Schuhe, in den Mantel,
was ist?,
nichts, Natalia, sagt sie und macht die Türe auf,
eines noch, sagt das Schwesterchen, passt du mir im neuen Jahr auf Steffen auf?, ich muss die Hochzeit planen, keine Sorge, er wird brav sein, mein kleiner Engel fällt dir nicht zur Last.

26

Winterlandschaft, die sich in den Tagen nach Weihnachten über die Stadt gelegt hat, deckt den inneren Lärm mit Stille zu, Eiskristalle wachsen an den Fensterscheiben,
wachsen um mein Herz, nur langsam schlägt es,
und gefrorener Schnee beschwert die Äste, lässt die kleinen Vögel frieren und hungern,
frieren die Risse an der Zimmerdecke zu,
verdrängt wollen all die Gedanken an Natalia sein, an den Nachhall ihrer Worte,
wo warst du, als ich krank war?,
wo warst du, als Mutter starb?,
ausgekotzt,
auch du hattest deine Auf und Abs,
verdrängt, vergessen,
weihnachtliche Sentimentalität gespielt, gut gespielt, mein Schwesterchen, und ich habe mich täuschen lassen von Tränen, die ich vorher niemals an ihr sah,
wo war ich, als sie krank war?,

wo war ich, als Mutter starb?,
als Vater uns verlassen hatte?,
wo war ich, als du nach mir gerufen hast?,
und langsam ihre Bewegungen, langsam ihre Schritte, schieben Schnee und Matsch und Kieselsteine vor sich her, ein Schritt nach dem anderen in Richtung Hotel, nur keinen Umweg nehmen, keiner Sehnsucht folgen, auch wenn sie nach Erfüllung lechzt,
ich weiß, er ist dein Schatten, ich weiß, du bist sein Taggespenst.

Er folgt mir, eilt mir voraus, wartet auf mich an all den Zwischenorten, rauchverhangen, und der Geruch nach Kirschtabak liegt in der Lobby, manchmal rieche ich ihn am Tagportier, alles Einbildung,
ich höre den Flügelschlag der Krähe anstatt des Kühlschranksurrens, höre seinen Pinselstrich, zischt eine Motte ins flackernde Licht, und ich höre deine Stimme, Henriette, die mahnt, ich solle keinen Umweg nehmen, keiner Sehnsucht folgen,
es ist nicht Sehnsucht, die aus mir spricht, ist dieses Etwas, und er, Henriette, ist der Schlüssel, der dieses Etwas sperrt, dieses Etwas, das nicht erinnert werden will,
noch nicht,
und ich warte auf ihn in meinen Träumen, sie führen

ihn und mich nah unserer Lichtung in den verkehrten Wald, zu jenen Monstern, die nicht aus deinen Geschichten sind, die uns auflauerten, deren Klauen deine Haut, auch mein Herz zerrissen,
er macht uns wieder ganz,
versprich es,
ich verspreche es.

Spät, dass in dieser Nacht die Gäste ihre Schlüssel holen, spät erst kehren sie aus der Winterstadt zurück, manche müde, manche betrunken, manche wollen fürs Zimmer noch eine Flasche Wein, fragen, einander verschlingende Blicke schickend, ob sie auch Champagner habe?, ob sie mit ihnen ein Gläschen trinken wolle?, auf dem Zimmer?, sie verneint,
manche kichern, manche murren, und manche scherzen, sie ließe sich etwas entgehen,
sie lächelt kühl,
sie wird vergehen, diese Nacht, alles vergeht, bringt einen nächsten Morgen, bringt den Schatten zurück zum Taggespenst,
und bevor ein Morgen dämmert, kehrt Ruhe ein, kein Kichern mehr, kein Murren,
nichts,
niemand,

Stille, in der sie an ihn denkt, sieht ihn in der Lobby sitzen, riecht den Kirschtabak,
warum warten?,
sie greift zum Hörer, streicht über die Tasten, tippt zärtlich, hört seine Stimme, bevor sie die letzten Ziffern tippt, hört ihn sich nach ihr sehnen.

Warum meldest du dich nie?,
ist nicht seine Stimme, die spricht,
ist ein kalter Luftzug, der sie streift und frösteln lässt,
und sie sieht zum Eingang, zu Marco, der sich zwischen Tür und Draußen auf die Klinke stützt, sie legt den Hörer ab und steht auf,
Marco nähert sich, wankt, die Eingangstür fällt zu,
schlaffer seine Arme, trüber sein Blick,
warum hast du dich nicht gemeldet?, fragt er und geht in großen Schritten auf sie zu, stolpert und hält sich an einer Lehne fest,
sie muss lachen,
lach nicht, zischt er, hebt die Hand und zeigt auf sie,
du, sagt er, wirst nicht mehr über mich lachen,
geh, sagt sie,
du, sagt er, schickst mich nicht mehr weg,
was willst du?, fragt sie, sagt leise, es gibt nichts mehr zu wollen zwischen uns,

sein Gewand stinkt nach Zigaretten und sein Atem nach Schnaps, er holt Luft, sagt, dass ihm klar geworden ist, sie hätte nur mit ihm gespielt, hast mich benutzt, sagt er, hast mich wie Dreck behandelt,
sie sagt nichts, kein Mitleid, das ihr über die Lippen kommt, und keine Reue trifft seinen glasigen Blick,
warum, fragt Marco, liebst du mich nicht?,
wieder muss sie lachen, lacht laut auf,
Marco schluchzt leise, für dich hätte ich alles getan, so schön war es am Anfang, und dann, er stockt, und dann, so anders warst du als die anderen,
sie geht langsam hinter der Rezeption hervor,
Marco, sagt sie, geh, stellt sich an seine Seite, greift nach seinem Arm,
und Marco lässt sich ziehen, ein Stück, dann bleibt er stehen, drückt sich an sie, will sie küssen, sagt, ich liebe dich, und presst seine Lippen auf ihren Mund.

Sie dreht sich weg, zieht ihn weiter,
Marco, taumelnd, sagt, liebe mich, sagt es wieder und wieder, von Mal zu Mal bestimmter,
und sie sagt, das kann ich nicht,
liebe mich, sagt er forsch, fordert ihren Körper an den seinen, ihre Lippen auf seinen Mund,
sie drückt ihn weg, so fest sie kann,

er lässt ab von ihr,
sie sehen sich an,
bitte geh, sagt sie, für immer,
in seinem Blick ein Funkeln, er hebt die Hand, holt aus, schlägt sie ins Gesicht,
sie wankt zurück, spürt Blut auf ihren Lippen, spürt Schmerz, der sich über die Wange zieht,
und wieder geht er auf sie zu,
doch sie weicht nicht zurück,
er schlägt sie noch einmal,
sie wischt sich das Blut ab, kostet es,
er schluckt, ringt nach Worten, ringt nach Luft, flüstert stockend, was habe ich getan?,
und jetzt?, fragt sie, die Stimme brüchig, liebst du mich noch immer?, dann lacht sie leise,
Henriette, ich erinnere mich,
dann läuft Marco in ein Draußen, in die Morgendämmerung.

27

Eins mit den Mauern und ihrem Verputz steht sie im Hauseingang gegenüber des Geschäfts, Schneeflocken wirbeln, ziehen einen dichten Schleier zwischen ihr und der Welt hinter dem schwarzen Molino, sie zündet sich eine Zigarette an, die Hände, von der Kälte gerötet, zittern, und nimmt sie einen Zug, schmerzt ihr Gesicht,
sie wartet,
sonst nichts,
schon lange wartet sie, hat sich mit dem Ende ihrer Schicht auf den Weg gemacht, ging langsam, nah an den Häusern,
Taggespenst, beinahe unsichtbar,
sah die Menschen nicht, die in den Morgen eilten,
hörte die Stadt nicht, wie sie sich aus der Nacht erbrach,
was, wenn ich meinen Schatten verloren habe?,
und sie wirft die Zigarette in den Schnee,
Glut, die allzu schnell erlischt,

zündet sich eine weitere an, auch die linke Schulter schmerzt, auch Wange und Kiefer,
auch eine Erinnerung,
an meinem Haar gezogen,
an meinem Kleid gezupft,
hat schmerzhaft einen Körper bekommen, eine Stimme, ein Gesicht,
schatzkistenversperrtes Polaroid, ist nicht verblasst in all den Jahren, war nur vergessen,
ich wollte nicht zu dir,
wird sie ihm sagen,
wollte nirgends hin,
wollte in der Dunkelheit der Abstellkammer sitzen bleiben,
warten, sonst nichts, ohne zu wissen worauf, weil das Warten eine Gewohnheit ist, ein unveränderbarer Lebensweg, das Warten in den Zwischenorten,
und Schneeflocken bedecken ihr Gesicht und ihre Hände, schmelzen nicht,
zweite Haut aus Schnee, bricht nicht, solange sie sich nicht bewegt,
wollte der kaputten Wanduhr lauschen, dem Kühlschranksurren, dem flackernden Licht,
und sie beugt sich aus dem Hauseingang, blickt in den Himmel,

sein Himmel, den ich nicht bemalen kann,
blinzelt dem Schnee, lächelt einer Gewissheit,
mein Himmel, den er mir formen kann.

Schritte, diesmal sind es keine Trugbilder, ist kein Schatten, der ihr einen Streich spielt, und sie drückt sich zurück in den Hauseingang,
will,
will nicht,
dass er sie sieht,
beobachtet, wie er sich dem Geschäft nähert, Mantelkragen hochgeschlagen, die Hände in den Taschen, der Blick gesenkt, und seine schleichenden Sohlen schieben hörbar Kiesel auf dem Schnee,
Wochen, dass sie ihn nicht gesehen hat, Wochen, in denen er ihr verloren ging, weil sie mich wiedergefunden hatte, Wochen einer Sehnsucht, unterdrückt, eines Verlangens, das aus einem Früher kam,
und vor dem Geschäft hält er inne, blickt in den Himmel, länger, als er es für gewöhnlich tut,
dann sieht er sie,
dann nichts,
alles steht still, ist eingefroren im Moment,
kein kalter Wind bringt Schneeflocken zum Tanzen,
kein Lächeln, das um seine Lippen spielt, in diesem

Nichts gefangen, und es weitet sich, als würde sich die Straße zwischen ihnen weiten, als würden sich die Gehsteige und die Fassaden der Häuser dahinter auseinanderziehen,
ich brauche dich,
ich brauche dich,
und er sieht weg, sucht nach dem Schlüssel,
sie schiebt sich aus dem Hauseingang und durch die Mauer aus dichtem Schnee.

Als sie bei ihm steht, dreht er sich nicht um, hält nur in der Bewegung inne,
was willst du?, fragt er leise,
ich wollte nicht zu dir, sagt sie,
er lacht auf,
aber,
aber?,
sie schluckt, und auch das Schlucken schmerzt,
diese Wunden heilen schnell, diese Schmerzen tun nicht weh,
du, sagt sie, kannst meinen Himmel malen,
er dreht sich nicht um,
Eitelkeit,
sie erstickt daran,
er bleibt in Gedanken, die gegen sie gerichtet sind,

nur du kannst meinen Himmel malen, sagt sie,
geh, sagt er, ich habe zu tun,
er dreht sich nicht um,
sie will ihn berühren, an ihm zerren, bis er sie in die Arme nimmt und fragt, was ist passiert?,
du kannst meine Welt gerade richten, sagt sie,
er dreht sich nicht um, geh, sagt er,
ihr schwindelt, und sie beginnt zu zittern, die Kehle trocken, ringt sie nach der kalten Luft,
dann nichts mehr,
nichts.

28

Gedanken,

bleiben stecken in träger Dunkelheit, in der ich mich körperlos bewege,

zähe, dickflüssige Masse,

nichts,

das Nichts ist die Abwesenheit von etwas, dessen Anwesenheit ich erwarte, ich gespürt habe, ein einzelner Gedanke, der bald sichtbar wird, ich spüre es, ein Ereignis, noch nicht greifbar,

ein Schrei,

und die Zweifel an dem Gewesenen, das tief im Rachen sitzt, über Jahrzehnte genährt, sind aus meinem Inneren herausgebrochen, Zweifel, die sich in Gewissheit wandelten, die Schreie damals, nicht nur jene, die aus Henriettes Leib gedrungen waren und bald verstummten,

kein Spiel, bei dem sich niemand ernsthaft je verletzt,

lass mich,

geh weg,
Mädchenstimme,

und die zähe Masse trägt mich weiter,
ich schreie nicht, habe keine Schreie mehr, habe keine Tränen, habe nur dieses Rätsel, dieses Vergangene, das von Tag zu Tag ein Ganzes wurde, eine Stimme bekam, und einen Körper, ein Lachen, einen wippenden Zopf,

was hast du getan?,
nein, fragte sie, was hast du getan?,

ich lasse mich tragen,
da ist ein Licht, ein Funke, dann noch einer, zischen fern in der dunklen Masse, blitzen für Momente auf, grelles, blaues Licht, und ich nähere mich, darf mich nähern, und je näher ich komme, desto konstanter das Licht, dehnt sich aus zu einem geometrischen Körper,
Rechteck,
zuerst nur aus Licht,

dehnt mich aus,

Schwesterchen, was hast du getan?,
nein, sagte sie, was hast du getan?,

ich sagte nichts,
ich rannte weg,
geschieht dir recht, rief sie mir nach, und ihr erst,
rannte zur Lichtung,
Sommerregentag, und der Bach getränkt mit meinen Tränen,

nein, es ist kein Licht mehr,
Licht kommt von weiter weg, zeigt, es ist eine Flüssigkeit, mit der sich das Rechteck füllt, gläserner Sarg, durchsichtig nach allen Seiten hin, ich passte hinein,
ich passe hinein, jetzt, da ich wieder einen Körper habe,
hat sich hinter Glas geformt, ist starr und doch bewegt er sich,
getragen in dieser Flüssigkeit,
gekleidet in einen Schleier aus Eiskristallen,
blass mein Gesicht, dem ich lächle,
lächle meinen Augen aus Glas,
lächle denen, die mich beobachten, dem Vater, der uns verließ, weil er in uns keine Geschichte hatte, der kranken Mutter, die Monate zum Sterben brauchte, nein, war nicht an ihrem Totenbett, hielt nicht ihre Hand, hatte kein Mitleid, stand hinter anderen Grabsteinen, an die Friedhofsmauer gelehnt,

ich lächle meinem Schatten, fern ist er, und doch sehe ich ihn, spüre ihn, wie er sich zögerlich dem Glassarg nähert, mir,

nein, nicht mir, nicht ich bin es, der er sich nähert, das Gesicht hinter Glas verändert sich, auch die Gestalt, ist zu Henriette geworden,

ihr Körper ist zerbrochen, entzweit,

und ich berühre das Glas, lege meine Handfläche darauf, ist nicht kalt, und dahinter sie, mit der ich alles teilte, und ich will, dass sie ihre Hand auf die meine legt, sie tut es nicht,

und in mir regt sich Schuld, ich trage sie als tausend Schatten, greifen nach mir, zerquetschen mich,

will sagen, dass es mir leid tut, doch ich kann nichts sagen, meine Zunge fehlt, ist herausgeschnitten, liegt eingelegt in einem Marmeladeglas,

und stumm schreie ich,

und dem Schrei folgt kein Erwachen,

und wieder ist das Gesicht in Veränderung, und ich ziehe die Hand zurück, schnell, ängstlich, weil diese andere Hand nach mir fassen will,

wo warst du, als ich krank war?,
wo warst du, als Mutter starb?,

Schmerz, der nicht wehtut, Wunden, die bald heilen,

nicht wahr, Natalia?,
manche Wunden heilen nie.

29

Mädchen, wach auf,
Hillas Stimme ist weit weg, kommt langsam näher, Mädchen, aufwachen, sag ich, und Hillas Hand streicht sanft über ihre Wange,
sie seufzt, spürt etwas Feuchtes auf der Stirn, es kühlt, treibt schnell die Hitze aus dem Körper und den Traum in etwas Geträumtes, und sie öffnet die Augen,
Hillas Gestalt in der matten Dunkelheit des schmucklosen Raumes ist über sie gebeugt, lächelt milde, kein Trugbild, Hillas hörbarer Atem nicht, auch nicht der vertraute Raum,
wir haben uns Sorgen gemacht, sagt Hilla, und sagte ich es doch, pass auf, dann erhebt sie sich vom Hocker, stützt sich mit den Händen an das Bett, recht hast du, sagt sie, manche Wunden heilen nie, zwinkert, geht zur Tür,
Licht, das durch den Türspalt dringt,
der Geruch von Moder vermengt mit Chemie,

ich komme wieder, sagt Hilla, und du, lauf uns nicht wieder weg, ihm nicht, und mir auch nicht.

Regal, Tisch, Bett, alles an seinem Platz, die kahlen Wände, das einfache Holz,
nichts ist anders hier, und doch, ich weiß es, Henriette, und es tut mir leid,
sie setzt sich auf, legt den Kopf an die Mauer und das Leintuch in kleine Falten, jeder Abstand dazwischen ist ein Stück Erinnerung, das zu einer Gewissheit geworden ist, zu dem einen Ereignis,
verdrängt, vergessen, jetzt in die Dunkelheit des Zimmers projiziert, dieser Nachmittag, fern der Lichtung, die Schottergrube mit Regen benetzt, und die Mädchen kicherten Gehässigkeit, spielten alle gegen eine, ich kam zu spät, sah dich fallen und hörte deinen Schrei verstummen, hörte das Schwesterchen den anderen Mädchen sagen, geschieht ihr recht, was meint ihr?, sie nickten, und wenig später rannten sie davon, dann, als sie mich kommen sahen, Natalia blieb, blickte dem Körper im Zerbrechen nach, ihr Lachen eingeätzt in ihr Gesicht,
ich weiß es, Henriette,
ich schrie sie an, rief nach dir, schrie deinen Namen, der in der Weite der Schottergrube verklang,

Augen aus Glas, dein weißes Kleid zerrissen, und dein Blut betupfte es,
auch ich lief weg, und Natalia mir hinterher, doch ich war schneller, entkam dem schrillen Klang ihrer Stimme, entkam diesem anderen Dir, diesem Trugbild, das leblos in der Schottergrube lag,

ich weiß nicht mehr, warum ich schwieg,
alles anders jetzt,
und doch ist der Raum der Raum, das Holz das Holz, und die Wand reibt spröde an ihrem Nacken, und sie streicht das Leintuch glatt, legt neue Falten, will seine Schritte hören, seine Stimme, will seine Narbe spüren, seiner Geschichte lauschen, damit sie ihm die ihre erzählen kann,

in seine Wunden dringen,
damit er meine heilt.

Jasmingeruch, Kirschtabak,
noch bevor er den Raum betritt, kann ich sein Herz schlagen spüren und seine Unruhe, die sich an ihn klammert,
die Tür öffnet sich mit einem leisen Knarren, das matte Licht blendet,

Hilla ist dicht hinter ihm, in der Hand hält sie eine Schüssel, der Inhalt dampft, drängt sich an ihm vorbei, jetzt, sagt sie, muss unser Mädchen essen, damit sie wieder zu Kräften kommt,
und er bleibt nah der Tür, die er nicht schließt, setzt sich auf den Tisch, verschränkt die Arme,
wartet,
sonst nichts,
sieht nicht zu ihr,
sein Gesicht liegt in Dunkelheit, sein Körper ist vom Licht gespalten, zweigeteilt, und mit seinem Atem bewegt sich das Licht, flackert sanft, doch unstet,
und Hilla rückt den Hocker näher, setzt sich und rührt die Suppe um, die Gewürze duften, Ingwer, Pfeffer, Wacholderbeeren, komm, Mädchen, sagt Hilla,
und sie öffnet den Mund,
Hilla lässt sie von der Suppe kosten, langsam, sagt Hilla,
und sie schluckt, die Wange schmerzt, auch die Lippen,
ein Schluck nach dem anderen, sagt Hilla,
und sie sieht zu ihm, während Hilla sie Schluck für Schluck mit der Suppe füttert, will spüren, dass er sie ansieht, in sie sieht, und nicht in seine Dunkelheit, nicht durch sie hindurch,

Abwesenheit erzwungen, ich spüre, dass er sich nicht nähern kann,
und wohltuend die Wärme, irritierend diese Geborgenheit, die Hilla schenkt,
danke, sagt sie,
Hilla sagt, dass es nicht richtig war, einfach zu verschwinden, was habe sie sich bloß dabei gedacht?,
und er neigt den Kopf, blickt zu Boden,
du, flüstert ihr Hilla zu, hast dich entschieden, einen Weg zu gehen, ist erst Augenblicke her, nicht wahr?,
geh ihn,

geh ihn,

und setzt nach, wenn du dir sicher bist,

wenn du dir sicher bist,

Hilla legt den Löffel in die Schüssel, forsch, Metall, das Porzellan zerbrechen will, und sagt, flüsternd, doch so, dass er es hören kann, weißt du, Mädchen, nur ein gewisses Maß an Verletzungen kann ein Mensch ertragen, nur ein gewisses Maß, nicht wahr?, wiederholt sie fordernd in seine Richtung, dann steht sie auf, ich muss jetzt, die Menschen brauchen Essen,

und Liebe brauchen sie auch, das wird schon, sagt sie, ihr werdet sehen, lächelt ihr und streicht ihm im Vorbeigehen über die Schulter, wird schon, ich werde es ja sehen, dann ist sie weg,
die Wand reibt spröder an ihrem Nacken,
er beugt sich ins Licht,
wartet,
sagt zögernd, erzähl mir, was sieht die Krähe, wenn sie fällt?,
fällt nicht, schwebt und lässt sich treiben.

30

Schweigend in den Abend, gemeinsam in die Nacht,
in die Straßenbahn, in das Skelett des Stahlaufzugs,
geweitet, ausgedehnt,
es atmet keine Dunkelheit,
atmet auch das Milchglas keine Erinnerung,
sie sitzt auf dem Bett,
er auf dem Stuhl neben der Leinwand, die in der Zeit, in der sie ihn nicht gesehen hat, keine weiteren Konturen bekommen hat, immer noch das eine Gespenst, treibt in der Schneelandschaft zwischen Erde und Horizont, die Fußspuren unsichtbar,
weder vorwärts, noch zurück,
er hat im Hotel angerufen, gesagt, sie sei krank, kann passieren zu dieser Jahreszeit, und den Fragen des Tagportiers, wer er denn sei und warum sie sich nicht melde, wich er nüchtern aus,
dann kein Wort mehr zwischen ihnen, nur seine Unruhe,
er reibt den Kirschtabak zwischen den Fingerkuppen

und stopft die Pfeife, sie beobachtet das Anzünden des Tabaks, dass er einen Zug nimmt und danach die Pfeife in den Aschenbecher legt,
er rückt den Aschenbecher ein Stück nach rechts, streicht über das Glas, klopft mit den Nägeln einen Rhythmus und greift erneut zur Pfeife,
Rauch zieht an die Zimmerdecke, sammelt sich um die Glühbirne, die von der Decke hängt,
du musst mir nicht erzählen, was passiert ist, sagt er,
du musst auch nicht bleiben, wenn du nicht willst,
ich weiß,
hast du Hunger?, Durst?,
nein,
was willst du?,
ich will, dass du bleibst, sagt er,
ich weiß,
und wenn du bleibst, will ich dir etwas zeigen,
ich laufe nicht mehr weg.

Warten,
sonst nichts,
er steht auf, ein erstes Lächeln, seit sie einander wiedersahen, und Leichtigkeit ist zurück in seinen Bewegungen,
steckt an,

und sie sieht ihm nach, wie er zu den Leinwänden geht, jenen, die verkehrt an der Wand lehnen,
er kniet sich hin, greift nach der ersten Leinwand, dreht sie um,
das dunkle Zimmer, ein Regal, ein Tisch, ein Hocker, kein Fenster auszumachen, das Bett ist ohne Überzug, und sie ruht in traumloser Stille,
er greift zur nächsten,
das Grau einer Stadt im Dämmerlicht, einer anbrechenden Nacht, einer engen Gasse, sie an einer Mauer abgestützt, ein Stück Mauer abgebröckelt und zu ihren Füßen der Verputz,
stell dir vor, sagt er, dass es weder Licht noch Schatten gibt, und greift zur nächsten,
sie gegenüber von Hillas Zwischenort, mattes Licht, das ihr, gedrängt in einen Hauseingang, einen Körper gibt,
stell dir vor, Angst ist eine belächelte Erinnerung, und greift zur nächsten,
sie nah der Straßenbahnstation, wartend, bis Nebel sie verschlingt,
er stellt die Leinwand ab, anfangs, sagt er, wollte ich dich zur Rede stellen, ich war einmal knapp davor, ich war so wütend, dass man mit mir spielt,
das Café, sagt sie,

ich wollte mich zu dir setzen, beenden, was du angefangen hast, sagt er, doch als ich mich dir näherte, verflog die Wut, und ich wollte nur noch deine Nähe spüren,
dann bist du gegangen, sagt sie,
dann musste ich gehen,
hast mitgespielt, sagt sie,
ich habe dich spielen lassen, sagt er,
sie steht auf, kniet sich zur letzten Leinwand, die noch übrig ist, holt Atem, sieht seine Hände zittern,
dreh sie um, sagt er, steht auf, macht einen Schritt zurück,
und sie dreht die Leinwand um,
die Auslage leer, staubig, verhangen mit Molino, sie nah der Scheibe, versucht in das Innere zu sehen, sieht den Schatten hinter ihrem Spiegelbild, sieht Arme, die nach ihr greifen,
Verletzlichkeit,
und hinter der Scheibe ein Lichtkegel, sein Rücken ihr zugewandt, sieht die leblose Pfote und in seiner Hand das Skalpell.

Henriette, sagt sie und ihr Blick haftet auf dem Bild und versucht die Schatten zu verdrängen, so hieß sie, die, mit der ich alles teilte, die, die mir ihre Geschichten zum Geschenk machte, und ich habe sie mir ge-

borgt, jedes kleine Monster borgte ich aus ihren Geschichten und versperrte es in meiner Schatzkiste, der leeren Schatzkiste unter meinem Bett, das sagte ich ihr nicht, sagte ihr bloß, dass ich sie liebte,
und sie steht auf, kann seinen Atem in ihrem Nacken spüren,
sagte es dann, wenn wir alle Sterne gezählt hatten, die uns der Himmelsausschnitt bot, Sterne, denen wir Namen gaben, sinnlose Namen, mit dem Mondlicht vergessen, dann, nachdem wir einander berührt hatten, nicht unschuldig, aber zart, der Nacht und ihren Schatten gaben wir uns hin, zählten die Stunden, bis wir dem Außen erneut entkommen konnten, das uns beiden ein Gefängnis war,
ich weiß, was sie zur Schottergrube trieb und nicht an unsere Lichtung,
du hast mir die Erinnerung zurückgebracht,
ich wartete auf sie, wartete lange, zupfte ungeduldig Gras und ritzte Kerben in den Baumstamm,
du brachtest mir ihren Namen,
dann spürte ich sie nach mir rufen, und wenig später sah ich eines der Monster, eines, das den Geschichten entlaufen war, es kreuzte meinen Weg, Trugbild, dem ich folgte, bis es in einem der Bäume verschwand, flüsterte mir, nachdem es verschwunden war, in ihrer

Stimme einen Weg, ihre Stimme, die sich manchmal über die meine legt,
ich beeilte mich, ich lief zu ihr, zur Schottergrube, die Natalia und ihren Freundinnen eine Spielwiese war, sie erzählten sich ihre Geheimnisse, ließen sich dort küssen und verführen,
ich kam zu spät,
sah Henriette fallen,
sah Natalias ausgestreckten Arm,
ich weiß nicht, warum ich damals schwieg,
schwieg so lange, bis ich das Gesehene vergessen hatte,
vergessen, verdrängt,
bis du,
und sie dreht sich zu ihm,
bis zu dieser Dämmerung, die mich vor den schwarzen Molino führte,
zu dir,
du, mein Schatten, sagt sie,
und er sagt, du bist mein Taggespenst.

31

Seine Verletzlichkeit, die sie spürt,
seinen Wunsch, umarmt zu werden,
seine Liebe, die nach ihr schreit,
ihr Verlangen, das sie ihm geben will,
und sie streicht über seine Wange, über seine Lippen,
sie öffnen sich,
streicht über seinen Hals, bis er die Augen schließt,
knöpft sein Hemd auf,
streicht über seine Brust,
die Narbe gesehen, doch nicht berührt,
manche Wunden heilen nie,
manche Wunden, sagt er, heilen nie, dann küsst er sie,
und mit dem Kuss lässt sie sich treiben, treibt zwischen Dunkelheit und Licht, zwischen all den Schatten, all den Sternen,
Pusteblumen der Erinnerung,
und er berührt sie, mal sanft, mal grob,
Atem aufeinander abgestimmt,

drängt sie zum Bett, zieht sich und ihr die Kleidung aus, küsst und berührt sie, dringt still in sie ein,
was sieht die Krähe, wenn sie fällt?,
fällt nicht, schwebt, sieht mit ihren toten Augen die Welt, so wie sie wirklich ist, sein muss hinter all den Oberflächen, sieht hinter Spiegel, hinter all das Milchglas, hinter Molino, sieht in die Menschen, sieht ihre Zerbrechlichkeit,
was zerbrechen kann, sagt sie, muss zerbrochen werden,
nein, sagt er, beschützt, und stößt sie sanft,
sieht die Notwendigkeit der Oberfläche,
er hält in der Bewegung inne, greift zu seiner Feder, die nah dem Bett liegt, neben einer Skizze,
Flügel, zerrissen und mit langen Stichen wieder aneinandergenäht,
lacht darüber, weint deshalb,
hält inne,
und die Feder liegt auf ihrer Haut, liegt unterhalb des Schlüsselbeins,
ein sanfter Druck,
und er beginnt zu zeichnen,
zeichnet einen Schnabel, zeichnet Augen, ritzt den schwarzen Körper, ritzt die Flügel, bereit für einen langen Flug,
Vergänglichkeit, das sieht sie, alles kann vergehen,

und er legt die Feder weg,
und Totes kann sich neuen Atem holen,
und stößt sie wieder,
das sieht die Krähe, wenn sie fällt.

Sein Geruch nach Kirschtabak und ihr Geruch nach Winter,
sie liegt in seinem Arm, vertrautes Gefühl, ist lange her, ist Neugierde wiedererwacht,
ist auch noch etwas anderes, ein Gedanke, erahnt,
ist ein Spiel, sagt sie leise,
keine Spiele mehr, sagt er, ich spiele nicht,
gut, keine Spiele, sagt sie,
lügt nicht, lügt,
lauscht seinem Herzschlag, spürt seinen Brustkorb, wie er sich gleichmäßig hebt und senkt,
was ist passiert?, fragt sie,
nicht jetzt, sagt er,
jetzt, sagt sie und richtet sich auf, greift nach der Feder, sie liegt noch immer nah dem Bett, und legt sie an seinen Hals, dorthin, wo die Narbe ihren Anfang hat,
keinen Anfang, kein Ende,
Tinte füllt die Narbe langsam aus, macht sie tiefer,
das kitzelt, sagt er,
hat das Skalpell damals auch gekitzelt?,

nicht das Skalpell, sagt er, das Stück Seele, das entwich, das Stück Leben, an dem ich hing,

das Vergangene,

das andere Leben, das einmal war, das sich selbst täuschende Glück, die Illusion des Liebens, sagt er, glaub mir, ich wollte nicht sterben, ich wollte auch keine Veränderung, und doch, von einem Tag auf den anderen, hat sie sich über mich gestülpt, hat meinem kleinen, in sich geschlossenen Leben gespottet, hat mich in keinen Abgrund gestoßen, hat mich nur in die verkehrte Welt geschubst,

ein Mittendrin, und die Narbe dieser Abgrund, ein tiefer Graben, er weitet sich,

in eine Welt, sagt er, die einzig mein war, und ich hatte keine Angst mehr, weil ich alles verloren hatte, was mir wichtig war,

sie steht auf, stellt sich ans Fenster, in den Widerschein des Laternenlichts, hört, dass er sich aufsetzt und mit den Nägeln einen Rhythmus an den Bettrand klopft,

ich war nicht da, sagt sie, als Mutter starb,

du warst nicht da, sagt er, als sie mich aufgeschnitten haben, und?,

sie muss lachen,

hab keine Angst mehr, sagt er,

hast du keine Angst mehr?,

er sagt nichts, auch das Klopfen verstummt,
ist deine Angst denn wirklich nur Erinnerung?,
seit ich dich zum ersten Mal gesehen habe, male ich wieder, sagt er, seit ich dich kenne, ist die Angst zurück.

32

Ich trage den Engelsflügel bei mir, trage ihn nicht um den Hals, sondern in einer meiner Manteltaschen, so wie er ihn getragen hat, all die Zeit, in der wir uns nicht gesehen haben,
etwas fehlte, sagte er, dein Vakuum fehlte, es nahm sich keinen Platz mehr in meiner Welt,
und der Flügel trägt mich davon, trägt mich durch die Welt, die auf den Kopf gestellt ist, der bewölkte Himmel unter mir, Asphalt hoch oben, Wind, der rückwärts bläst, Schneeflocken, die, treffen sie auf meine Haut, zu Blumen werden,
auch mein Spiegelbild verschwunden, sichtbar ist nur das, was dahinter liegt, das Vergangene in etwas Zukünftiges gedacht, in ein Glücksgefühl,
bin ich bei ihm, malt er meine Geschichte, malt die Schottergrube, grau ist sie, doch manche Steine leuchten rot,
malt Natalias ausgestreckten Arm, die Finger vertrocknet, die Nägel lang,

malt mir die Dunkelheit, malt damit das Licht,
bin ich im Geschäft, sitze ich im Raum aus Metall an seiner Seite, wenn er einem Tier eine Geschichte gibt,
braune Katze,
und ich sage, ist gestorben, weil sie zu lange geschlafen hat,
er sagt, das ist langweilig, dir fällt noch etwas Besseres ein,
ich überlege, sage, kurz bevor sie starb, wurde sie von einer Maus gejagt,
er sagt, denk noch ein bisschen nach,
und während ich nachdenke, welche Geschichte ich der Katze geben kann, zeigt er mir Felle und Federkleider, die er in den Kisten aufgehoben hat,
sie warten auf eine Geschichte, sagt er, die vielleicht nie erzählt werden wird,
zeigt mir auch die Knochen, in den anderen Kisten beschriftet und verstaut, kleine Schädel mit spitzen Zähnen, zierliche Rippenknochen, dünne Krallen, ich befühle sie, streiche darüber, so wie er es tut, lächle, und vorsichtig lege ich die Knochen zurück, will einmal nichts zerbrechen,
beobachte, wie sorgsam er sein Handwerk tut, ein Handgriff nach dem anderen zu einer Bewegung geworden, die Totes lebendig macht,

willst du es versuchen?, fragt er und gibt mir Nadel und Faden, sagt, ich solle in engen Stichen das Fell um den Kunststoffkörper nähen, um die Holzwolle, ganz fest, nicht so zaghaft, sagt er, ist schon tot,
was tot ist, ist tot,
die Katze, sage ich, hat noch ein Leben über.

Hilla setzt sich zu uns, betreten wir ihren Zwischenort, raucht schweigend eine meiner Zigaretten, während er die Pfeife stopft und ich die Kerben im Tisch mit meinen Gedanken füllen möchte, flüstert uns, ich wusste es, flüstert mir, noch sind die Geschichten nicht erzählt, pass auf, da kommt noch etwas, auch ihm flüstert sie,
er nickt, sagt leise, ich weiß, Hilla, ich weiß,
und bin ich alleine in Hillas Zwischenort, in seiner Hülle, mit seinem Blick auf ihn wartend, sehe ich mir die Aquarelle an, leere Bilder, sie bleiben leer, bleiben die Vergangenheit, die er mir nicht erzählt,
die ich wissen möchte,
die ich nicht wissen möchte,
frag ihn, sagt Hilla, mach seine Wunde auf,
mach die Wunde auf,
und in Gedanken halte ich ein Skalpell und schneide der Narbe entlang, und er sieht mich an, streichelt mich,

während ich mit meinen Händen behutsam seinen Brustkorb öffne,
sehe die eine Lunge, die ihm ganz geblieben ist, erschrecke, denn sie hebt und senkt sich nicht,
einem anderen Gedanken lächle ich, diesem einen, der sich langsam aus dunkler Ahnung schält, wenn ich an dem Bettler vorbeigehe, gibt mir immer noch für ein paar Münzen einen Segensspruch, fragt, komme ich alleine, wo ist die Liebe hin?,
versteckt sich, sage ich, in einem Spiel,
nein, kein Spiel, sagt er, weil es keine Spieler gibt.

Auch zwischen Kühlschranksurren und dem abgestandenen Licht der Lobby, dem Tagportier, der meine Nähe, selbst meine Blicke meidet, und der Putzfrau, die mich, geht sie nach Hause, in die Arme nimmt, ist der Gedanke spürbar, und jeder Handgriff begleitet ihn,
begleitet mich in manchen Nächten auch die Erinnerung an Marco, an die Schläge ins Gesicht und seine Kränkung, über die ich leise lache,
Kränkung, die ich ihm verschweige, Schläge, nach denen er mich nicht fragt, und manchmal begleitet er mich ins Hotel, kommt zu mir, nachdem meine Schicht begonnen hat, setzt sich in die Lobby, geht nie zu nahe an

die Rezeption, wartet und skizziert in einem Buch mit leeren Seiten,
ich beobachte ihn, beobachte, wie er mit der Feder über die Seiten hetzt, höre das Kratzen, ritzt das Papier, ritzt in meine Haut,
und Stunden später steht er auf, schickt mir ein Nicken, und ich schicke ihm einen Kuss,
Kuss, der sich bei ihm zu Hause wiederholt, bevor wir Liebe machen,
vereint in einem Schmerz, der keine Schläge braucht, um wehzutun,
Schmerz, der Angst längst überwunden hat,
ich habe keine Angst mehr, Henriette, ich habe verloren, was mir wichtig war.

33

Du vergisst doch nicht?,
nein, Schwesterchen,
vergiss mir nicht, Steffen morgen von der Schule abzuholen, sagt Natalia,
es ist kurz nach Beginn der Nachtschicht, der ersten dieser Woche, und Natalias fordernde Überschwänglichkeit treibt ihr ein Gefühl von Ersticken in die Kehle,
die Finger flattern,
an Natalia hat sie schon lange nicht mehr gedacht, an das Schwesterchen, wie es so atmet und redet und lebt, hat keinen Platz in der verkehrten Welt, in der Vergangenes zur Gegenwart geworden ist,
alles in Ordnung bei dir?, fragt Natalia, und warum sie nicht erreichbar war,
ich war krank, kann passieren zu dieser Jahreszeit, sagt sie im Klang seiner Worte, klopft einen Rhythmus auf das Schreibtischholz,
du hättest Bescheid geben können, sagt das Schwesterchen, aber es war dir schon immer egal, wenn sich

jemand Sorgen macht, um dein Wohl, deine Gesundheit, dein Leben,
mein Leben,
was rege ich mich auf?, ich habe anderes zu tun, als mich um dich zu kümmern, also, morgen, und vergiss nicht, dass du es versprochen hast, Natalia legt auf, der Hörer fällt ihr aus der Hand, sie ringt nach Luft, verschlingt Tränen, schlägt die Schatten von sich, und im Aufstehen fällt auch der Stuhl, sie läuft in die Abstellkammer, sperrt sich ein, lehnt sich an ein Regal, sinkt zu Boden, versucht zu atmen, atmet langsam Dunkelheit,
ein Schluck nach dem anderen,
ein Schluck Zorn,
ein Schluck Scham,
ein Schluck vergossener Tränen,
Zorn, der sich gegen Natalia richtet,
Scham, die in mir liegt.

Könnte ich sie töten, täte ich es,
schrieb das Schwesterchen ins gut versteckte Tagebuch, schrieb, dass sie mich abstoßend und hässlich findet, nichts hätte ich auf dieser Welt verloren,
diese Welt, die ihre ist, fideles Regenbogenland, in dem jeden Tag die Sonne scheint, in dem die Blumen Honig kotzen,

und ich bin bloß ein dunkler Fleck, der sie erinnert an eine Schuld, verdrängt und nicht vergessen,
Schuld, die ihr bald nach getaner Tat stechend in den Uterus kroch, schrie und weinte,
und ich war froh, als ihre Krankheit kam, herbeigezaubert über Nacht, auch so ein Wunsch, den ich in die Schatzkiste sperrte, damit er gedieh,
nein, ich saß nicht an ihrem Bett, hielt nicht ihre Hand, sprach niemals Tröstendes, weil ihr recht geschah, und klagte sie über Schmerzen, wünschte ich ihr noch mehr Schmerzen in den Leib, wünschte, sie würde das Krankenzimmer nie mehr verlassen, wünschte sie anstelle von Henriette zerbrochen auf den Grund der Schottergrube, auf den Metalltisch, auf dem ich Henriette liegen sah,
ein Unfall, sagte Natalia der Polizei, ich habe sie noch halten wollen, bevor sie fiel, und wieder nickten ihre Freundinnen, ganz durchtriebene Mädchen, die sie waren, spielten Fassungslosigkeit,
ich schwieg, blieb abseits der Gruppe stehen, ängstlich war ich gewesen, und wusste nicht wieso, starr, gefangen in Geschichten, die nicht mehr erzählt werden konnten, meine Welt hatte sich auf den Kopf gestellt, meine Welt, die eine gemeinsame war,
geteilte Lichtung, geteiltes altes Haus,
Pusteblumen,

es war einmal ein Monster, tolpatschiges Klappergestell, pflückte sich nachts keine Margeriten, kostete kein Glück, wurde zu einer leer geschabten Hülle, die sich von einem Tag in den nächsten zwang, die sich nicht dazu entscheiden konnte, zu vergehen, die ein Etwas am Leben ließ, das in unbestimmter Zukunft auf sie wartete,
könnte ich sie töten, täte ich es,
sie schlägt mit der Handfläche auf den Boden, es tut nicht weh, und sie tritt mit den Füßen gegen ein Regal, das Regal wackelt, und die Putzmittel, die darin verstaut sind, fallen, eines fällt ihr beinahe in die Hand, sie greift danach und quetscht so fest sie kann das Plastik, lässt locker, und es richtet sich in seine ursprüngliche Form,
neuer Atem dringt in sie, und ihr klarer Blick sticht durch die Dunkelheit der Abstellkammer, sieht diesen einen Gedanken, der in diesem Zwischenort Gestalt bekommen hat,
sieht das Etwas nicht mehr namenlos,
sieht Vergangenes sich in Zukunft wandeln, diese eine Möglichkeit,
und die Welt, wie sie einmal war, zurechtgerückt,
ich werde das Skalpell sein, das die Haut vom Körper schneidet, werde die Nadel sein, die alte Haut um einen neuen Körper näht.

34

Kalte Mittagssonne, der Himmel eine Eisfläche, die zarte Risse hat, und die Zeit, während sie auf Steffen wartet, ist diese kaputte Wanduhr, die staubbesetzt in der Lobby hängt,
sie hörte das ruhelose Ticken in der vergangenen Nacht, hörte etwas in ihrem Inneren, das ihr Herz hätte sein können, sich dem Ticken unterordnen,
diese eine Möglichkeit,
auch die Gedanken, genährt von jenem, der Gestalt bekommen hatte, flüsterten Glück, auch leisen Zweifel, der seit Stunden unter ihrer Körperhülle kratzt, der sich durch die Nacht bis in den Morgen zog, und sie bis zu dieser Stunde, bis zum Hof vor Steffens Schule, begleitet hat, legte Übelkeit in sie, die sie erbrechen musste, legte sich als Klinge an ihren Körper, bis jetzt, sie steht nah dem Eingang, unsichtbar den anderen gegenüber, den Eltern, sie tauschen Höflichkeiten aus, sie nicht,
Taggespenst wartet,

sonst nichts,
wartet auf Steffen, wie sie in diesem Damals auf mich gewartet hat, spielt mit dem schwarzen Flügel in ihrer Manteltasche, denkt an ihn und sich die Sehnsucht weg, die in sie kriecht, sobald sich ihre Wege trennen,
diese Sehnsucht lässt mich leer zurück,
die Eingangstür der Schule öffnet sich, und Kinder steuern auf ihre Eltern zu, Steffen nicht, bleibt vor der Türe stehen, lässt sich vom Sonnenlicht fangen, wartet und lächelt ihr zu, nachdem er sie gesehen hat.

Was machen wir?, fragt er,
was du willst, sagt sie,
Steffen drückt sich an sie, sagt ihr, er habe sie vermisst, sagt auch, dass er Hunger hat,
gut, sagt sie, und wenn du willst, habe ich nach dem Essen eine Überraschung,
für mich?,
für uns,
sie nickt,
klingt gut, sagt Steffen und lässt ab von ihr, und sein Körper schlüpft zurück in kindliche Gelassenheit,
kleine Ratte, sagt sie,
Steffen lacht und erzählt, dass er zum ersten Mal eine Stunde geschwänzt hat, dass er stattdessen mit einem

anderen Jungen auf einer der Toiletten war, er hatte Zigaretten, der andere Junge, sagt er, und ich habe meinen ersten Zug gemacht,
und?, fragt sie,
hat nicht geschmeckt, sagt Steffen, grinst, war trotzdem gut,
und ihr Bedürfnis, nach seiner Hand zu greifen, wird unterdrückt, ihn nah bei sich zu wissen, frei und lebendig, anders als das Schwesterchen es haben will, dessen Mutterliebe ihn sichtbar überschattet,
ein Schatten, der auch in Steffens Seele sitzt, der mit ihm zum Essen Platz genommen hat, lässt Steffens Bisse kleiner werden und ihn im Essen stochern,
was ist los?, fragt sie,
er sieht auf, pustet Blasen in sein Getränk,
du kannst mir alles sagen,
ich weiß,
musst es aber nicht,
ich weiß,
dann trinkt er, muss rülpsen von zu viel Kohlensäure, beide lachen,
Mama, sagt er nach einer Weile, nachdem das Lachen verebbt und sein Schatten zurückgekehrt ist, hat die Videospiele entdeckt, dann sieht er weg, hat sie alle weggeschmissen, hat mich in mein Zimmer gesperrt,

hat mich bis zum Morgen alleine gelassen, er stockt, ich hatte Angst, sagt er, sie kommt nicht mehr, *Monster, manchmal sitzen sie im Kasten, manchmal unter dem Bett,*
hat sie schon oft gemacht, um mich zu bestrafen, *manchmal sind sie so nah, dass man sie nicht spüren möchte,* er richtet sich auf, verharrt in Bewegungslosigkeit, manchmal, sagt er, hasse ich sie.

Vorbei an Hillas Zwischenort, der hinter all dem Sonnenlicht verschlossen liegt, die Gasse entlang, bis hin zum Geschäft, und vor dem Eingang bleibt sie stehen, Steffen im Spiegelbild der Auslage, sein Körper verzerrt, wirkt größer, wirkt, als schälte sich ein anderer Steffen aus ihm heraus,
da ist nichts, sagt er enttäuscht, das soll die Überraschung sein?,
wart's ab, sagt sie,
flüsternder Vogelgesang,
er ist nicht hier, nur sein Geruch, der sie umfängt, hier stinkt's, sagt Steffen, noch steht er hinter ihr, noch hat er den Raum nicht gesehen, und dunkel ist es, sagt er, fragt schüchtern, können wir wieder gehen?,
die Türe fällt ins Schloss, und Steffen schreckt zusammen, schau, sagt sie, auch hier können wir tote Tiere zählen,

der Junge schiebt sich an ihr vorbei, geht ein paar Schritte, seine Neugierde ist zurück, spürt sie in seinem Körper, der sich in eine Bewegung drängt, sieht sie in seinem Blick, der entdecken will,
eins, sagt er,
sie lacht, wart's ab, es kommt noch mehr.

Er tritt hinter dem Regal hervor, kommt aus dem Gang, wischt sich in einem Tuch die Hände ab,
Steffen macht einen Schritt zurück,
sie legt ihre Hand auf Steffens Schulter, sagt in seine Richtung, Überraschung,
er sagt nichts, etwas zwischen ihnen, das er nicht sagen will, nicht vor Steffen, der ihm höflich die Hand entgegenstreckt,
nicht vor mir, weil es sein Geheimnis ist,
er geht auf Steffen zu, beugt sich ein Stück zu ihm, schüttelt seine Hand,
guten Tag, sagt Steffen,
guten Tag, sagt auch er,
kannst du dem Jungen zeigen, was du mir gezeigt hast?, fragt sie, zeigen wir ihm gemeinsam unseren Ort,
Schatzkiste, seine und meine, der Ort, an dem Unausgesprochenes nicht gesagt werden muss,

und während Steffen zu einem der Regale geht, geht er zu ihr, fragt kalt, warum tust du das?,
wird ihm gefallen, sagt sie,
ihm, ja, sagt er und wendet sich von ihr ab,
darf ich?, fragt Steffen, hält seine Hand in Richtung eines Marders, will über Fell und Krallen streicheln,
klar darfst du, sagt er, und mit Steffens Lächeln ist auch sein Lächeln zurück, darfst ihn aus dem Regal nehmen, oder hast du Angst?,
nein, sagt Steffen und tastet über das Fell und über die Krallen, sticht sich mit den spitzen Zähnen in die Fingerkuppe, dann nimmt er das Tier aus dem Regal, hebt es hoch, dreht es nach allen Seiten,
bereit für mehr?, fragt er,
bereit, sagt Steffen,
dann komm, sagt er mit Blick zu ihr, die Schatzkiste soll dir nicht verschlossen sein.

Steffens Aufregung ist spürbar, als er den Raum betritt und die gemeinsame Schatzkiste erobern darf, er sieht sich um, stürmt zu den Kisten, liest, was darauf geschrieben steht, fragt, darf ich die Knochen sehen?,
Jasmingeruch betört, sie bleibt in der Türe stehen, sieht zu, wie er dem Jungen in einer der Kisten ein paar Knochen zeigt,

das sind Hamsterknochen, sagt er,
Steffen grinst, sieht sich die Regale von oben bis unten an, zeigt zu einem der Regale hoch, zeigt auf die Krähe, ihre Haut ist immer noch mit den Nadeln fixiert, das Federkleid noch nicht trocken, das sind Todesvögel, sagt Steffen,
woher weißt du das?,
aus meinen Spielen, sagt Steffen, sie krächzen, wenn es gefährlich wird, bevor ein Zombie kommt, bevor ich ihn töte, und geht zum Metalltisch, will das tote Tier berühren, das Fell, feucht glänzend, das ausgebreitet auf der Arbeitsfläche liegt,
das, sagt er, ist ein Hasenfell, greif es ruhig an,
Steffen streicht vorsichtig darüber, dann noch einmal,
siehst du, sagt er, beißt nicht mehr,
was ist passiert?, fragt Steffen, setzt sich an den Tisch, in seine Körperhülle,
das hat mir ein Jäger vorbeigebracht, sagt er, ist auf der Jagd nach einem Hirschen zufällig erschossen worden,
erschossen?, fragt Steffen, so richtig mit Gewehr?,
so richtig mit Gewehr,
und während er sich auf eine Kiste an Steffens Seite setzt, kramt Steffen in der Schultasche, sagt, jetzt zeige ich dir etwas, holt sein Heft heraus und schlägt es auf,
sie nähert sich,

es ist das Skizzenheft, in dem sich Steffens Monster tummeln,
Steffen legt es neben das Hasenfell, blättert Seite für Seite um, auch ein Hase, sagt Steffen, auch zerfetzt, siehst du?, das Bein, und die Pfote hat es ihm abgerissen, er klopft dem Jungen auf die Schulter, sagt ihm mit Blick zu ihr, dass er gut zeichnen kann.

Sie beobachtet seine Hände, wie sie das Fell links und rechts dehnen und über den geformten Körper ziehen, das muss man richtig spannen, sagt er, richtig fest, willst du es probieren?,
Steffen nickt, greift nach dem Fell, greift mit der anderen Hand nach dem geformten Körper, wartet, lacht verlegen,
komm, ich zeig's dir, sagt er, und während ich das Fell spanne, kannst du den Hasen malen, mal ihm eine Geschichte, eine, die dir gefällt,
Steffen malt den Hasen, zuerst den Kopf mit langen Ohren, die Augen schwarz, das Maul aufgerissen, darunter einen dünnen Körper, der die Pfoten von sich streckt, dazwischen nichts, nur Blut, das in großen Tropfen in alle Richtungen spritzt, und Steffen sagt, der Hase hat sich mit den falschen Tieren eingelassen, erzählt eine Räubergeschichte, in der der Hase

den Fuchs hintergeht, und der Fuchs ist der Boss, sagt Steffen, und mit dem Boss legt sich kein Hase an,
und während Steffen erzählt, dass der Fuchs dem Hasen auf die Schliche gekommen ist und wie er ihn letztendlich, ihn, den Verräter, sagt Steffen, erschossen hat, näht er das Fell zusammen, spannt und strafft es mit Bedacht, oft, dass Steffen zu ihm sieht, auf seine Hände und auf die Nadel, die durch die Haut sticht, die etwas ganz macht, das lange schon vergangen ist,
etwas ganz macht, das lange schon vergangen ist.

Am nächsten Nachmittag, auch am übernächsten nimmt sie Steffen mit in das Geschäft, mit in die Schatzkiste, in der der Junge gerne wühlt, er lässt sich alles zeigen, was in den Kisten ist, und auch die Werkzeuge erklären, fragt, ob er mit dem Skalpell einem Tier die Haut abziehen darf,
wir werden sehen, sagt er, heute nicht, ein anderes Mal, dann fragt er Steffen, ob er von den Tieren träumt, dem allen hier?, setzt nach, du kannst mir die Wahrheit sagen,
nein, sagt Steffen, und ich weiß,
dann, sagt er, ist's gut, und streicht dem Jungen über seinen blonden Lockenkopf,

sie steht in der Tür, an den Türstock gelehnt, eigener Zwischenort, in den sie sich zurückgezogen hat, Moment für Moment ein kleines Glücksgefühl, das keine Worte braucht, beobachtet, wie wissend er sich um Steffen kümmert, und wie anders der Junge auf sie wirkt, befreit von eigenen Schatten, erlöst aus zerquetschender Mutterhand, beobachtet die beiden auch in Hillas Zwischenort, sitzen nebeneinander, zeichnen gemeinsam in Steffens Heft, einer auf der linken Seite, der andere auf der rechten, er ein Skelett, das zittert, und Steffen einen Dämon mit einem Schwert,

und Hilla stellt Steffen ein Stück Schokoladentorte hin, Vorsicht, sagt sie, über das Gezeichnete lachend, gruselig süß, und auch Steffen lacht,

er zeigt auf die Aquarelle, fragt Hilla, was meinst du, nehmen wir sie ab?,

Hilla beißt sich auf die Lippe, sagt einmal nichts, geht weg, wankend, und stützt sich an das Thekenholz,

noch sind die Geschichten nicht erzählt,

darf ich wiederkommen?, fragt Steffen, nachdem die gemeinsamen Tage vorüber sind,

noch ist eine Zukunft möglich,

jederzeit, sagt er, umarmt den Jungen, reicht ihm eine kleine Schachtel,

Steffen sieht hinein, streicht über den Rattenschädel,
die Zähne spitz, in Watte gebauscht,
und den, sagt er, versteckst du gut,
Steffen nickt, steckt die Schachtel in den Rucksack,
er zwinkert ihr zu, fragt, sehen wir uns später?,
ja, später, sagt sie,
und im Gehen fasst Steffen ihre Hand.

35

Hinter dem Milchglas liegen Dunkelheit und Stille,
liegt er auf dem Bett, die Vorhänge sind zugezogen,
die Fenster geschlossen, stickige Luft, durchsetzt von Acryl,
sie nimmt wortlos Platz, rückt den Stuhl ein Stück der Leinwand näher,
sein Atem ist kaum hörbar, und er bewegt sich nicht,
wartet, sonst nichts, lässt Zeit vergehen, netter Junge, sagt er, und seine Stimme ist rau, dunkel, so als gehörte sie nicht zu ihm, fragt, warum hast du ihn zu mir gebracht?,
ihr Schweigen ist eine Lüge, die ihr leicht von den Lippen geht,
du kennst mich nicht, sagt er,
mach seine Wunde auf,
damit er meine heilt,
netter Junge, stimmt, sagt sie, so wie deiner war?,
kennst mich doch, sagt er, und ja, genauso neugierig,
hat auch gezeichnet, war genauso talentiert, mein Junge,

ist er tot?,
nein, sagt er, sie hat ihn mitgenommen, als sie mich verlassen hat,
fehlt er dir?,
er fehlt mir jeden Tag, weißt du, sein Lachen, nachdem er aus der Küchenlade Süßigkeiten stahl, dass er das Besteck immer falsch herum gehalten, dass er in meine Bilder gekritzelt hat, und auch auf die Wand, wenn niemand hinsah, eine kleine Ratte war er, und mein Sonnenschein.

Steffen mag dich, sagt sie,
ich mag ihn auch, sagt er,
er hasst seine Mutter, sagt sie, und ich hasse sie auch,
ich weiß, sagt er, und ich verstehe dich,
ich hasse sie, weil sie dem Jungen seine Freiheit nimmt,
ich hasse sie, weil alles, was sie jemals getan hat, Absicht war, sie lockte Henriette zu ihrem Wolfsrudel, wollte mich damit zerfleischen, falscher Vorwand, der Henriette zu ihr führte, sagte, sie wolle Frieden schließen, wollte uns beiden sagen, es täte ihr leid,
er atmet tief durch, sagt, lass die Vergangenheit ruhen, deinetwillen,
bald, sagt sie, greift nach dem Kirschtabak, riecht daran, stopft die Pfeife, entzündet den Tabak, nimmt

einen Zug, in ihrer Kehle kratzt es, legt die Pfeife in den Aschenbecher, rückt den Aschenbecher ein Stück nach rechts,
schön, sagt er, dass du den Flügel trägst,
er pocht, sagt sie, anstelle meines Herzens,
er streckt seine Hand nach der ihren aus,
sie greift sie nicht, nimmt die Pfeife, entzündet den Tabak, macht einen Zug, und wieder kratzt es in der Kehle, ich bin müde, sagt sie, und will es nicht mehr sein, und sie legt die Pfeife in den Aschenbecher, rückt ihn wieder das Stück nach links, steht auf, kniet sich zu ihm ans Bett, ich will mit dir sein, sagt sie, lügt, lügt nicht, und im Licht, sagt sie, lügt nicht,
und er legt den Arm um sie, und sie den Kopf auf seine Brust,
hilf mir, sagt sie,
und er sagt, ich bin da für dich.

36

Lange schläft sie in den nächsten Morgen, starrt nach dem Erwachen an die Decke, zählt Risse, sind weniger geworden über Nacht, sie hat nicht gehört, wie er aufgestanden ist, dann aus der Wohnung,
die Türe nicht versperrt, der letzte Schluck Kaffee in seiner Tasse für sie übrig, ein Stück Papier zwischen die Plastiktassen gesteckt, keine Skizze, nur unten rechts ein Fragezeichen, ist eingerahmt und wieder durchgestrichen,
sie geht ins Badezimmer, kaltes Wasser fließt über ihre nackte Haut, fühlt sich ledern an, stößt das Wasser ab,
es war einmal ein Mädchen, hatte vergessen und verdrängt,
sie schließt die Augen, hebt den Kopf, spürt das Wasser, nicht die Kälte, spürt ein Kitzeln auf ihrem Rücken, spürt, dass etwas aus ihr wachsen will, Flügel sind es, die ihre Haut durchstoßen, die aus ihren Schulterblättern dringen, und das schwarze Federkleid macht ihren Körper schwer, die Seele leicht, die

Zukunft greifbar, und leise stöhnt sie, und leise auch der erste sanfte Flügelschlag.

Aus dem Nest gestoßen, und mit jedem Schritt lerne ich fliegen,
und mühelos der Weg zwischen den Häuserschluchten,
getragen von einem Luftzug bis vor das Geschäft,
schwarzer Molino verschluckt mein schwarzes Federkleid,
ich drücke mich gegen die Tür und flüstere dem Vogelgesang,
flüstere ihm, der beim Schreibtisch sitzt, ein Lächeln,
wartet,
sonst nichts,
ein ruhiger Tag, sagt er, ich sollte früher schließen,
solltest du, und flattere in seine Arme,
du bist so anders, geht's dir gut?,
gut,
ich küsse ihn, frage, kommst du heute Nacht ins Hotel?,
wenn du es möchtest,
möchte ich, ich will dich wieder zeichnen sehen, will hören, wie die Feder über das Papier,
es aufschlitzt,
und er ihm einen neuen Körper gibt,
schau, sagt er und zeigt zu einem der Regale, ich habe die Krähe aufgestellt,

ich gehe zu ihr, lächle ob ihrer Lebendigkeit, lasse Küsse zu ihm schweben,
so anders, sagt er, man könnte meinen, dass du mich liebst.

Wie konntet ihr nur?,
Natalias Stimme übertönt den Vogelgesang,
sie steht auf, auch er,
wie konntet ihr?, wiederholt das Schwesterchen, die Liebe und die Stille störend, schleift Steffen hinter sich und schubst ihn in den Raum, sein Gesicht verheult, sein Körper eingeknickt, da lasse ich dich einmal mit ihm allein, einmal nur, weil ich ein paar Tage für mich brauche, und du schleppst ihn hierher, hierher, wiederholt sie und sieht sich um, abstoßend, sagt sie, und du bist widerlich, verführst meinen Jungen in deine Dunkelheit, und mit der Wut kommen auch Natalias Tränen,
er geht auf Natalia zu, sagt, wir können alles in Ruhe,
Natalia unterbricht ihn, jetzt weiß ich es, ein Maler sind Sie nicht, sagt leiser, schämt euch,
ich möchte, sagt er, dass Sie gehen,
was Sie möchten, sagt das Schwesterchen, interessiert mich nicht,
Steffen fängt zu weinen an, will zu ihm, doch Natalia hält ihn forsch zurück, abartig, sagt sie, ist das alles

hier, greift in ihre Tasche, holt Steffens Skizzenheft, hält es hoch, sagt ihr, das ist alles deine Schuld, und wirft das Heft vor ihre Füße,
meine Schuld?, fragt sie, spreizt ihre Flügel, geht auf Natalia zu,
deine Schuld, sagt das Schwesterchen, ich hasse dich,
sie lacht, muss lachen,
Natalia sieht sie verwundert an,
auch er,
auch Steffen, der nach dem Heft greifen will,
doch Natalia packt Steffen am Kragen, zieht ihn zu sich,
lass mich, schreit er,
du bist still, und du, faucht ihr das Schwesterchen, wirst meinen Jungen nicht mehr wiedersehen, schäm dich für alles, was du bist, für alles, das du getan hast,
sie sieht ihn bitter an,
verletzt,
dann macht sie kehrt, reißt die Türe auf, zieht Steffen mit.

Lauf ihr nach,
lass sie nicht verloren sein,
und sie geht dem Schwesterchen hinterher, geht schnell, ruft, warte, ruft, Natalia, es tut mir leid,

bleibt nicht stehen, das Schwesterchen, nur Steffen blickt zurück, streckt eine Hand nach ihr,
warte, bitte, warte,
sie läuft, eilt, Natalia einzuholen, und zupft ihr auf gleicher Höhe an der Jacke,
was ist?, fährt Natalia sie an, bleibt stehen, Wut, die aus ihren Blicken flammt,
Wut in mir, ich schlucke sie,
es tut mir leid, sagt sie, ich wollte doch nichts Böses, ich wollte für Steffen eine gute Zeit, ein Abenteuer, das nicht jeder hat, Natalia, bitte, ich wollte dir nichts Böses tun,
und das Schwesterchen sagt fürs Erste nichts, sagt nach einer Weile ruhiger, doch nicht besänftigt, dass die Erziehung ihres Sohnes einzig ihre Aufgabe ist,
ich weiß, sagt sie, sinkt in sich zusammen, macht sich absichtlich klein,
verwundbar,
macht sich zu der kleinen Schwester, die sie niemals war,
wir können reden, sagt sie, bitte, rede mit mir,
du warst schon immer so, sagt Natalia angewidert, ich dachte ernsthaft, dass sich etwas zwischen uns verändert hat, hatte Hoffnung, dass Familie dir etwas bedeuten kann, und dass die Vergangenheit, sie

hält inne, wiederholt, dass die Vergangenheit begraben ist,
was tot ist, ist tot, sagt sie, lügt,
Natalia sieht zu Steffen, sagt gespielt freundlich, keine Videospiele und keine toten Tiere mehr, sagt Letzteres auch in ihre Richtung,
in Ordnung, sagt sie, ich verspreche, keine toten Tiere mehr.

37

Erleichterung umfängt sie, nachdem Natalia und Steffen gegangen und eilig um die nächste Ecke gebogen sind, macht müde, die Erleichterung, laugt sie augenblicklich aus,
Natalia darf nicht verloren sein,
auch wenn es noch so weh tut, flüstere ich, halte durch,
sie schlägt sich den Mantelkragen hoch, blickt in den Himmel,
und ein Gespenst, das Schatten verscheucht und sie zum Schweigen bringt, zischt über diesen Himmel, mein Himmel heute,
heute ein Himmel, sagt er, auf dem man malen kann, und sie erschrickt,
will bemalt werden, sagt er,
sie sagt, muss,
ist alles gut?, fragt er,
alles bestens,
armer Junge, sagt er, sein Blick auf eine Abwesenheit

gerichtet, auf sein anderes Leben, das, das einmal gewesen war, und er fragt, hast du gesehen, wie verstört er war?, hast du ihren Hass gesehen, der sich als Liebe tarnt?

Zurück in ihrer Wohnung legt sie sich auf das Bett, bedeckt sich mit den Flügeln, hüllt sich in ihr wärmendes Federkleid, kittet mit ihren Gedanken die Risse an der Zimmerdecke,
skizzenhafte Welt, nicht in ein Heft gekritzelt, liegt hinter der tatsächlichen,
verwundet, aufgerissen, abgetrennt, schabt sich durch die Oberfläche, drängt sich ein neuer Körper aus einem alten heraus, ein paar Schritte noch,
überlegte Züge,
für eine Zukunft, die dir und mir gehört,
erinnerst du dich?, einer, die du mir versprochen hast, zusammen durch ein Leben, gemeinsam gestaltete Traumlandschaft, erinnerst du dich?, du wolltest Tänzerin werden, wolltest, dass dein Körper Geschichten erzählt,
ich lachte darüber,
wart's ab, sagtest du, hast dich mitten auf die Lichtung gestellt, eingefroren in einer Haltung, die innere Musik in ruckartige Bewegung brachte, zwischen den Baumschatten ließest du mein Lachen verstummen, ich sah dir

zu, und die kleinste Bewegung legte sich in mein Herz, füllte es,
und ich sah dich auf großen Bühnen tanzen, nur dich, hörte den Applaus, nur für dich,
und du?, fragtest du, nachdem dein Tanz beendet war, du ein wenig außer Atem und verschwitzt warst, Schweiß, den ich dir gerne abgeleckt hätte,
und du?,
ich weiß nicht,
was heißt, du weißt nicht?, irgendetwas wirst du doch tun wollen, dann, später,
ich weiß nicht,
komm, sag's mir, trau dich, ich lache dich nicht aus,
ich weiß,
also?,
gut, ich werde Geld verdienen, damit du tanzen kannst, damit du dich nur um dich kümmern kannst, um deine Geschichten, sagte ich, log nicht,
und du lachtest,
erinnerst du dich?, hast mich doch ausgelacht, hast beinahe Tränen gelacht, bis du mir sagtest, und das im Ernst, der mir bitter schmeckte, du würdest dich schon um dich kümmern, ich schaffe das, sagtest du, ganz allein,
kleiner Stich in mein übervolles Herz, verzog sich rasch, schlich sich bloß Augenblicke in mein Gesicht,

ich brauche niemanden, sagtest du, aber ich liebe dich, und dann legtest du deine Hand in meinen Schoß, legtest sie zwischen meine Beine, ein erstes Mal, hast mich gestreichelt, liebkost, bist langsam in mich gedrungen, und ich ließ es geschehen, bewegte mich nicht, lag im Schatten, ließ alles mit mir machen, was du mit mir machen wolltest, stöhnte unterdrückt, wir dürfen nicht, dachte ich, dürfen uns doch nur Geschichten erzählen, uns manchmal küssen, uns lieben ohne Körperlichkeit, dürfen uns nicht schämen müssen,
wir dürfen, sagtest du, als könntest du meine Gedanken lesen, wir werden immer miteinander sein.

38

Wir werden immer miteinander sein, sagt sie Marco am Telefon, nachdem sie in der Nachtschicht angekommen, der Tagportier gegangen, die Putzfrau ihm hinterhergehechelt ist, sagt Marco, es tut mir leid, sagt, ich liebe dich, und fragt, ob er ihr verzeihen könne?,
Marco schweigt, schweigt lange, fragt zögerlich, du kannst mir verzeihen?,
ich kann, sagt sie, komm zu mir, alles wird wieder gut, du wirst sehen,
und du liebst mich?, fragt er,
ja, sagt sie, lügt, ich liebe dich,
Marco schweigt,
komm in einer Stunde, sagt sie,
ich komme, sagt Marco, und danke, dass du mir verzeihen kannst.

Das Kühlschranksurren als innere Musik, Handgriffe, Gesten, nichts ist gleich, sie geht durch die Lobby, als

würden Wolken ihre Sohlen kitzeln, und ihre Finger zeichnen einen Rhythmus in die Luft,
keine Gäste heute Nacht, keine Schlüssel abzuholen, und doch nicht alleine, flüstere ich, zurück in der Erwartung unversehrter Zweisamkeit, einer, wie sie in diesem Damals gewesen war, vor dem Tag, der mich zur Schottergrube führte und in die Arme der Gehässigkeit, zupfte an meinem Kleid, zog an meinem Haar, dein Schwesterchen, spuckte mich an, sagte, dass ich widerwärtig sei, das ist doch nicht normal, sagte sie, was du und ich auf der Lichtung trieben, abartig sei es, und dass man uns einsperren müsste, wegsperren, sagten auch die Freundinnen, die mich umzingelten, spuckten mich an und schlugen mich, auch ich spuckte und schlug um mich, bis ich nicht mehr konnte, bis ich in fester Umklammerung gefangen war, und Natalia bäumte sich mir gegenüber auf, kam auf mich zu, hasserfüllter Blick, und ihre Lippen bebten, zischte, wenn ihr nicht aufhört, schneid ich dir die Zunge raus,
schneid dir den Körper auf, zerbreche dich,
und sie lacht dem flackernden Licht, einem zischenden Mottenflügel, der Möglichkeit, die in ein neues Leben führt, und lächelt ihm, ihrem Schatten, der zur Tür hereinkommt, Mantelkragen hochgeschlagen,

Steffens Skizzenheft in seiner Hand, streckt es ihr entgegen, sagt, für den Fall, dass er es vermisst,
ich habe dich vermisst, sagt sie, nimmt das Heft und streicht darüber, dann geht sie zurück zur Rezeption, spürt ihr Federkleid, hebt sich, senkt sich mit jedem Schritt,
er setzt sich an einen der Tische, holt sein Heft aus dem Mantel, ritzt die Seiten, ritzt ihre Haut,
warten,
sonst nichts,
auf eine Zukunft warten, die sich noch in Möglichkeiten spaltet,
und ungewollt drängt sich die Möglichkeit einer gemeinsamen Zukunft in ihre Gedanken, eines Alltags, der sie und ihn verbinden könnte,
was wäre wenn,
wenn sie Hand in Hand durch ein normales Leben gingen, eines aus einem Möbelkatalog, miteinander aufwachten und vor dem Schlafengehen den nächsten Tag erträumten, nächste kleine Zukunft, wartet schon,
hin und wieder sieht er zu ihr, zeichnet seine Gedanken in sie, zeichnet immer den Moment,
sie sieht weg, zur Tür, in andere Möglichkeiten,
Zeit vergeht, kaputte Zeit, tickt sich langsam vorwärts,

ihre Finger flattern, und sie legt die Hände in den Schoß, Minuten noch, Sekunden nur.

Sekunden, in denen ein Mottenflügel zischt, und verlegen schleicht Marco durch die Lobby, sieht sich nicht um, wie er es immer tut, sieht nur sie, geht auf sie zu,
sie steht auf, geht einen Schritt zurück, der Stuhl kratzt über den Belag,
und er schaut hoch von seinen Skizzen,
zuerst wollte ich nicht kommen, sagt Marco, aber dann, es tut mir leid, so leid, und geht hinter die Rezeption und streckt seine Arme nach ihr aus, ich liebe dich, sagt Marco, ich kann nicht ohne dich, umarmt sie, will sie küssen,
und sie sagt, lass mich, verschwinde, sagt es in seine Richtung,
angsterfüllter Blick, der lügt,
was ist?, fragt Marco, will sich an sie drücken,
sie stößt ihn weg, sagt, schlag mich nicht,
er steht auf,
Marco, fassungslos, streicht ihr über die Wange, sagt, ich schlage dich nicht mehr, verzeih,
ist er das?, fragt er, steht hinter Marco, legt die Hand auf dessen Schulter, der, der dich geschlagen hat?,

sie nickt,
er packt Marco und schleift ihn durch die Lobby, Marco stolpert, schreit, was soll das?, was ist hier los?, versucht sich aus dem Griff zu winden, kracht gegen eine Wand,
ein erster Schlag trifft Marco ins Gesicht, dann ein zweiter,
sie eilt hinter der Rezeption hervor, beobachtet, wie er Marco noch einmal schlägt und ihn zur Türe schleift,
sie geht ihnen nach, bleibt nah dem Eingang stehen,
er schlägt Marco, schlägt ihn ins Gesicht und in den Magen, stößt ihn zu Boden,
Blut, das aus Marcos Nase rinnt, Schmerzen, in denen sich sein Körper windet,
er sagt, wenn du wiederkommst, bring ich dich um.

Er legt den Arm um sie, und sie gehen zurück in die Lobby, setzen sich ins Plüsch,
sie greift sich an die Lippe, danke, sagt sie,
er sagt nichts, schöpft neuen Atem, wischt sich den Schweiß von der Stirn, lehnt sich zurück, blickt an die Decke, lässt eigene Risse entstehen, hab ich dir Angst gemacht?, fragt er, mache ich dir Angst?, und klopft einen schnellen Rhythmus auf die Lehne,
hör auf, sagt sie, tu dir nicht weh,

dann lacht er, muss lachen über die eigene Angst, und fragt im Lachen, das verebbt, was, wenn wir weggehen?,
was?,
gehen wir doch einfach weg, aus dieser Stadt, aus diesen Leben, sagt er, ich habe genug, weg aus der Vergangenheit, deiner, meiner,
Stille, die in der ganzen Lobby atmet,
Stille taucht die Lobby in ein anderes Licht, sanftes Licht, in dem der Schmutz der Jahrzehnte schwindet, all die abgestandenen Geschichten, all die abgestandene Lust,
aber?,
kein aber, sagt er, ich will deinen Namen wissen, und will, nachdem ich deinen Namen weiß, in eine Zukunft gehen.

39

Nicht Hand in Hand, aber nah beieinander verlassen wir das Hotel, verlassen Tagportier und Putzfrau, das Kühlschranksurren und das abgestandene Licht, und streifen durch die Nacht, sie hat einen klaren Himmel und doch keine Sterne, die zu sehen sind, wir überlegen nicht, ob wir links oder rechts gehen, um welche Ecke es uns zieht und welche Straße wir queren werden, kein Wind, der uns trägt, die Geräusche der Stadt sind weit weg, außerhalb des Vakuums, in dem wir uns bewegen, außerhalb der kristallinen Welt, die mit jedem Schritt, den wir gehen, um uns entsteht, legt sich wie Eis über den Asphalt, über die Fassaden, selbst über den Himmel,
funkelt das Eis im Laternenlicht,
liegt ein See darunter,
türkiskalter Abgrund, der zu uns flüstert, nur kein unbedachter Schritt getan,
ist zerbrechlich geworden, die Welt, sage ich,
und er sagt, sie hat sich durch unsere Geschichten verändert, und fragt, warum sagst du mir deinen Namen nicht?,

Zukunft, hallt es in mir nach, nur dieses eine Wort, keine weiteren Gedanken über ein Gemeinsames, ein Leben irgendwo, wo wir nie Spuren hinterlassen und uns keine Narben abgeholt haben,

es drängt mich nach links, und ich streiche ihm über den Arm, und er folgt mir, drängt mich an einen Ort, der nicht existiert, an dem ich schon einmal gewesen bin, Wochen ist es her, folgte Trugbildern, nachdem ich seiner Nähe entflohen war, hörte Schritte, es waren die seinen, bildete ich mir ein,

manchmal alles Einbildung, sage ich, manchmal nur ein Traum,

und mein Atem vermengt sich mit dem seinen,

wo sind wir?, fragt er, als wir beim Eingang eines Parks stehen,

ein Park, der eben erst vor uns entstanden ist, ein Stück dunkle Wiese hat sich über das Eis gebettet, Sträucher und Bäume sind daraus gewachsen, und tief reichen ihre Wurzeln in den See,

ich sehe ihn an, sage, ich weiß es nicht,

auch der Brunnen mit seinen Fischen und Meerjungfrauen baut sich Stein für Stein vor uns auf, und Wasser, zähflüssiger, als es sein sollte, läuft aus den offenen Mündern der Fische und über das versteinerte Haar der Meerjungfrauen,

dunkle Flüssigkeit, mit der sich das Becken füllt,
er lacht, verkehrte Welt, siehst du sie?,
ich sehe sie, ist in Veränderung,
er sagt, weil wir sie verändern wollen.

Die dunkle Flüssigkeit im Brunnen hebt sich aus dem Becken und von den Figuren ab, formt sich in meine Richtung, formt sich zu einer Hand, die sich mir öffnet,
und ich gehe darauf zu,
er folgt mir nicht,
ich gehe weiter, die Hand umschließt mich,
noch ist Abstand zwischen mir und der Flüssigkeit, noch könnte ich entkommen, ich schließe die Augen, lehne mich zurück und lege mich in die Hand, verschmelze mit der dunklen Masse,
dann nichts,
nur Dunkelheit,
ich spüre sie, und in der Dunkelheit spüre ich eine Gestalt, formiert sich aus den Schemen ein Körper, der Körper des Bettlers ohne Unterleib, flüstert seinen Segensspruch, wirft eine Münze in die Luft, fängt sie wieder, fängt sie mit einer anderen Hand, hat viele Hände, und viele Arme wachsen aus seinem Oberkörper, und es färbt sich sein Körper in dunkles Blau, er trägt eine Kette um den Hals, ein kleiner Tierschädel an den anderen gereiht,

spitze Zähnchen ritzen in die nackte Haut, hält eine Sichel hoch, nein, keine Sichel, ist kleiner, ein Skalpell, es glänzt,
hält in einer anderen Hand einen abgetrennten Kopf,
den Kopf des Schwesterchens,
sagt, ich nehme und ich gebe Leben, sagt, ich bin dein Zorn,
und ich spüre, ich breite meine Flügel aus, sie dringen durch die zähe Flüssigkeit, nur mühevoll,
ich schreie tonlos,
schreie, bis die Flüssigkeit zerspringt.

Dann ist Stille,
die Stadt ist die Stadt, der Park verschwunden, mitsamt dem Brunnen, mitsamt den Bäumen und Sträuchern,
mitsamt den Fischen und den Meerjungfrauen,
ich greife nach seiner Hand, will gehalten werden, will sagen, wichtig sind nur er und ich, und dass die Nacht uns bettet, will nicht lügen, die Lüge macht mir langsam Angst, Lüge, in der ich mich lange versteckte, legte sich als schwarzer Regenbogen über mich,
seine Hand zittert, ich drücke sie,
er sieht mich an, wartet, dass ich etwas sage, dieses Etwas sage, das aus mir sprechen will,
zu früh,
ein Flüstern, und wir sehen uns um,

wir beide,
und ich frage, hast du das Flüstern auch gehört?,
er nickt,
manchmal, sage ich, ist alles Einbildung, manchmal nur ein Traum, in dem ich mich beobachte, und ich erwache nicht, will nicht erwachen, auch du bist manchmal nur dieses Trugbild, bist dieser Schatten im Laternenlicht,
was willst du?, fragt er,
nichts,
sieht nichts mehr, die Krähe, hat doch schon alles gesehen, hat sich blenden lassen von der Dunkelheit,
was willst du?,
was, fragt er, soll ich für dich tun?,
ich will Natalia still,
will sie endlich schweigend,
will den Moment konservieren,
will Zukunft,
will dir meinen Namen sagen,
will, dass Natalia tot ist und dass Henriette lebt,
er wendet sich ab,
und ich umarme ihn,
er zittert,
nein,
sein Körper lacht, er sagt, hast gut gespielt, du hast mich gut eingefangen,

aber?,

kein aber, sagt er, ich weiß, wer du bist, ich weiß, worauf ich mich eingelassen habe, doch weißt du, worauf du dich eingelassen hast?,

ich nicke,

gut, sagt er,

und ich frage, hilfst du mir?

40

Er sagt nichts, auch ich bleibe still, bis wir vor meiner Haustür angekommen sind, ich warte, ich hole meinen Schlüssel aus der Manteltasche, das Geräusch des aneinanderreibenden Metalls irritiert mich, und ich stecke den Schlüssel zurück, der Engelsflügel auf meiner Brust pulsiert, pocht erneut anstelle meines Herzens, ich sage fast tonlos, es tut mir leid, und ein Abschied, könnte in meinen Gedanken ein Abschied für immer sein, legt sich beklemmend zwischen ihn und mich, drückt uns auseinander, ich spüre, dass es doch noch etwas gibt, das ich verlieren könnte, und sage, bleib, und greife, ohne auf eine Antwort zu warten, erneut nach meinem Schlüssel, wende mich zur Tür, und langsam schiebe ich den Schlüssel in das Schloss, langsam drehe ich ihn, drücke mich gegen die Tür und ins Treppenhaus, halte die Tür offen,
warte,
sonst nichts,
nur für ein paar Augenblicke, fühlen sich an, als würde ein ganzes Leben vergehen, mein Leben in diesen Augen-

blicken rückwärts erzählt, meine Geschichte in diesen Splittern, in diesen Scherben, die ich zusammensetzte zu einem Spiegelbild,

meine Welt aus Eis hat Risse bekommen,

der Park, der ihm und mir ein Trugbild war, der mir Natalias abgetrennten Schädel zeigte, ihr eingeätztes Lachen spiegelte sich im Skalpell, die dunkle Masse, in der auch Marco verschwand, Blut in seinem Gesicht,

seine Liebe, die er mir zeigte, indem er Marco schlug,

mein Zweifel,

hörst du es krachen?,

mein Betteln, Natalia möge mir verzeihen, möge mir gewogen bleiben, meine Erniedrigung,

Steffens weinende Seele, seine Schatten, die er in sein Heft kritzelt, Heft, das ich bei mir trage,

alles zerfetzt, der Hase, dem eine Kugel den Körper spaltete,

kleine Knochen, zierlich, leben in den grauen Kisten weiter,

die Krähe, ihr glänzendes Federkleid, mein Federkleid, meine Flügel, die aus mir wuchsen,

Henriettes Flüstern, mach seine Wunde auf, damit er meine heilt,

Henriettes Sternenhimmel,

unser altes Haus,

das Eis, es bricht,
Zwischenorte, in denen ich mich gut bewegen kann, in denen die Dämonen schweigen,
was tot ist, ist tot,
und unter dir der See, türkiskalt, tief,
seine Skizzen, die er in den Himmel malt,
sein Himmel, aus dem ich falle,
seine Narbe wunderschön,
das Warten, das mir Atem gibt,
die Lichtung, auf der wir kleine Monster spielten,
Geschichten nie zu Ende erzählt,
es war einmal,
und dann?,

die Augenblicke vorüber, und ich spüre, dass er sich gegen die Türe lehnt, spüre seinen Atem im Nacken, spüre Erleichterung, und lasse die Klinke los.

Er lächelt, als er seine Skizzen an der Wand sieht, auch das Stück Papier mit seiner Telefonnummer, auch Henriettes Namen, eingerahmt, setzt sich aufs Bett, und ich setze mich auf einen Stuhl ihm gegenüber,
er legt sich hin, blickt an meine Zimmerdecke, greift sich an die Brust,
fragt, hast du die Eichhörnchen im Park gesehen?,

nein, sage ich, die sah ich nicht,
kletterten an den Narben des Baumes hoch, sagt er, an der aufgebrochenen Rinde, sie gibt ihnen Halt, ein schönes Bild, ich sollte es malen, sollte einen Baum malen, dessen Rinde aufgebrochen ist, denn bricht die Rinde auf, holt sich der Baum neues Leben,
ich sage, bald kommt die Dämmerung, bald ein neuer Tag,
schau mich an, sagt er,
ich tue es,
komm näher, sagt er,
ich tue es, setze mich zu ihm auf das Bett,
deine Finger, sagt er, sie flattern wieder,
bin ich nachdenklich, sage ich, flattern sie,
es gibt kein Zurück mehr, oder?, fragt er,
nein, sage ich, ich will endlich vorwärtsgehen.

41

Als ich aufwache, ist er bereits gegangen, ich rieche den Kirschtabak, ich streiche über den Abdruck seines Kopfes im Kissen, kann seine Wärme nicht mehr spüren, und ich setze mich auf, schiebe die Decke ans Ende der Matratze, sehe zur Wand, die Henriettes Namen trägt, folge den Strichen, die ihn rahmen, und lege meine Hand auf eine Skizze, seine Skizze, sein Geschenk, bevor er ging, feine Bleistiftstriche zeigen ein Mädchen in einem weißen Kleid, das Kleid ist zerrissen, der Stoff des Kleides mit zarten Stichen zusammengenäht, das Mädchen lächelt, er malte es mir unter ihren Namen als flüchtigen Kuss, ich stehe auf, meine Flügel tragen mich, stelle mich ans Fenster, öffne es, strecke mich gen Himmel,
zarte Wolkendecke, die Sonnenlicht zerreißen wird,
sehe auf die Straße, suche ihn, wer weiß, ob er nicht doch in einem der Hauseingänge auf mich wartet?,
er ist nicht hier,
auch nicht sein Schatten,
und trotzdem höre ich Schritte,

fern,
kommen näher, und mit dem Absatzklappern auch eine Gestalt,
ist keine Einbildung, dass sich Natalia in Richtung Hauseingang bewegt,
kann kein Zufall sein,
ich trete einen Schritt zurück,
Sekunden später klingelt es, nicht einmal, nein, dreimal hintereinander,
nein, ich mache ihr nicht auf, ich warte, bis ihre Beharrlichkeit an eine Grenze stößt,
ist lange her, dass das Schwesterchen an meiner Tür geläutet hat, zuletzt aus vorgetäuschter Sorge, nachdem ich alles aufgegeben hatte, was ihr wichtig gewesen war.

Wieder läutet es, und noch einmal, und ich drücke den Türöffner, sage nichts, drücke auch die Klinke hinunter und lausche durch den Spalt,
das Absatzklappern hallt im Treppenhaus, wird lauter, aufdringlich ist ihr beschwingter Schritt, der näher rückt,
und Natalia zieht eine Braue hoch, als sie mich durch den Türspalt sieht, und fragt, machst du jedem auf, der klingelt?, schiebt sich an mir vorbei, drückt mich nach hinten, sagt, gut, dass du zu Hause bist, wirft an meiner statt die Türe zu, küsst mich links, küsst mich rechts auf die Wange,

von ihren kalten Lippen schaudert mir,
ich hab dich doch nicht geweckt?, fragt sie, will keine Antwort hören, sieht sich im Vorraum um,
was machst du hier?, frage ich,
ist kein Zufall, nütze ihn,
und ich gehe ihr nach,
Ordnung, sagt sie, ist dir wohl fremd, dass du so leben kannst?, und sie bleibt beim Bett stehen, ihr Blick auf die Wand gerichtet, sie lächelt nicht,
verstehe, sagt sie leise, und das Bittere ist zurück,
ich kann es an ihr sehen, kann es an ihr riechen, kann spüren, wie sich jeder einzelne Buchstabe von Henriettes Namen in ihr Inneres kratzt,
kratzt Wunden auf,
und ich kann sehen, spüren, wie sich der Name auf Natalias Lippen legt, Lippen, die für Augenblicke zittern,
bist ganz blass, sage ich, ist alles gut?,
hat er das gezeichnet?, fragt das Schwesterchen und deutet auf die Skizze,
strähniges Haar, bewegt sich im Wind,
ja, sage ich, hat er,
vielleicht, sagt sie, ist er nicht gut für dich, mir war er nie geheuer, schon beim ersten Aufeinandertreffen nicht, da war so ein Schauer, kroch ganz tief in mich hinein, und sie dreht sich zu mir, lächelt wieder, sagt, ich meine es nur gut,

ich spüre die Lüge, es spricht doch wiederum nur Neid aus ihr, Neid, weil sie nicht alles haben kann, wonach sich ihr Geschlecht verzehrt, auch Angst, Angst vor allem, das unter den Oberflächen liegt, hinter einem Lächeln, hinter einem Spiegelbild,
und die Nachtigall?, fragt sie,
ich sehe zur Wand,
Wort,
Nachtigall,
Skizze,
eine in sich verknotete Schlange,
was ist damit?,
das ist unsere Geschichte, sagt Natalia, weißt du noch?, die Nachtigall, die vor unserem Zimmerfenster sang,
deine Geschichte, sage ich, lüge wieder,
richtig, sagt sie, senkt den Blick, hat mir Mutter erzählt, damals, die Geschichte dieser Nachtigall, erzählte sie mir im Krankenhaus, damit ich die Schmerzen vergesse,
erzählte ich dir, damals, die Geschichte der Nachtigall, erzählte ich dir auf der Lichtung, erzählte ich dir in unserem verfallenen Haus, sie kam ans Fenster zur immer gleichen Stunde, setzte sich in einen Baum nah dem Haus, sang uns durch die Nacht, hielt Monster fern, jene, die uns Böses wollten, nur einmal kam sie nicht,

ich erinnere mich, sagt das Schwesterchen, die Nachtigall beschützt die Liebenden, das erzählte Mutter, erzählte auch, dass wenn die Nachtigall nicht singt, Gefahr den Liebenden lauert,
und Unheil schlich sich in unser altes Haus, zertrat die Brennnesseln, riss Pusteblumen aus, zerriss uns mit gemeinen Worten, säte Missgunst zwischen uns,
sie kichert mädchenhaft, kichert der Erinnerung, die wir nicht teilen,
Natalia, frage ich, was willst du hier?,
sie räuspert sich, richtet sich gerade, sagt, dass sie Versöhnung will,
Versöhnung?,
ja, sagt das Schwesterchen, um Steffens willen, ich will, dass du mein Brautkleid mit mir kaufst.

42

Um Steffens willen begleite ich sie, innerlich lachend, weil es keine Zufälle gibt, innerlich mich auslachend, weil ich mich erneut erniedrige, weil ich mich schmutzig fühle an Natalias Seite, befleckt, jeder Atemzug des Schwesterchens demütigt mich,
Natalia geht schnell, hat es eilig, in ein Kleid der Unschuld zu schlüpfen, fragt, schleichst du immer so?,
ich sage nichts, verlangsame meine Schritte, nur ein kleines bisschen, so, dass sie es nicht merken wird, und dennoch irritiert,
das ist das Schönste am Heiraten, sagt sie, das Brautkleid kaufen,
und ich sage, du hast darin genug Erfahrung,
jetzt sei nicht so, sagt sie, ich dachte, wir hätten uns versöhnt?,
versöhnt, ja, nicht deinetwillen, Schwesterchen,
nicht alles dreht sich nur um dich,
und Versöhnung ein Wort, an dem ich ersticken könnte, legt sich faulig in meinen Mund, auch die Gedanken an

das niemals Gesühnte, das Natalia in sich trägt, nicht verdrängt, nein, nur achtlos vergessen,
endlich, sagt sie, wir sind da, und packt mich an der Hand und zieht mich ins Geschäft hinein,
weiße Kleider überall, sind nicht zerrissen,
sind Tüll, sind Spitze, sind strassbesetzt,
ich ersticke,
eine Verkäuferin kommt herbeigeeilt, und Natalia plappert, etwas richtig Edles suche sie, etwas Außergewöhnliches, etwas, das nicht jede trägt,
weiß?, fragt die Verkäuferin,
weiß, sagt Natalia, was denn sonst?, kann auch teuer sein,
und während die Verkäuferin das Schwesterchen zu der Stange mit den teuren Kleidern führt, sehe ich mich um, sehe Zukunft durch Tüll erdrückt, sehe ein Leben, gegen das ich mich entschieden habe, dagegen entscheiden musste, gegen das falsche Licht, das im Strass täuschend spiegelt, ein Leben eng in zu viel Spitze eingenäht,
ich ersticke,
das, das und das auch, sagt Natalia, die will ich probieren, aber rasch, sagt sie der Verkäuferin, lächelt aufgesetzt, dann kommt sie zurück zu mir, sagt, zieh deinen Mantel aus, setz dich, das kann länger dauern,
sie will mich quälen, und jeder Vorwand ist ihr recht dazu,

was ist das?, fragt sie, greift mir an den Hals, greift nach der Kette, zieht sie von unterhalb des Pullovers heraus, zu sich,
und die Kette schneidet in meinen Hals,
ist die von ihm?,
ich ersticke,
sie dreht und wendet den Anhänger in ihrer Hand, kratzt mit ihren Nägeln darüber, sagt, sieht billig aus, aber passt zu dir, und lässt die Kette fallen,
ich ersticke dich,
dann kommt sie näher, flüstert,
ihr Atem Nadelstiche in meiner Haut,
flüstert, dass sie gar nicht wissen will, was er und ich so treiben, bei all dem, sagt sie, was er beruflich macht, und dann noch deine Arbeit in diesem Hotel, abscheulich der ganze Dreck, der sich bei all dem sammelt,
ich schneid dich auf,
also, fragt sie, was treibt ihr so?,
ich sage nichts, deute in Richtung Kabine, deute ihr, dass sie die Kleider probieren soll, hängen dort und warten, dass Natalia in die Unschuld schlüpft,
ich weiß, sagt das Schwesterchen, geht mich nichts an, wie ihr es treibt,
geht dich nichts an, sage ich,
und in Natalias Augen blitzt etwas auf, nein, nicht das

Bittere, ist wieder Neid, der aus ihr funkelt, ist ihre bescheidene Fantasie, die mir ein Leben unterstellt, eines, das sie niemals hatte,
Liebesneid,
Natalia lacht, so laut, dass die Verkäuferin erschrickt, trägt er Handschuhe, fragt sie, wenn er dich fickt?, du weißt schon, diese dünnen weißen, oder macht er Tiere nach?, bellt?, miaut?, nein, ich weiß, du zwitscherst,
lacht und lacht,
herrlich, sagt sie, meine Schwester das kleine Vögelchen, sag schon, musst du ihm den toten Hamster spielen?,
ich sage nichts, muss nichts sagen, dass sie meine Verletzung sieht, sich an ihr labt,
gut gespielt, mein Schwesterchen,
ach, sagt Natalia, war doch nur Spaß, harmlos zwischen Schwestern.

Eng schnür ich ihr das Mieder zu, nehme ihr den Atem, und sie schnappt nach Luft und wird ganz blass, das Schwesterchen, blasser als ihr weißes Kleid, zerschneid es ihr Schicht für Schicht, zerschneide Tüll und Spitze, ritze durch Tüll und Spitze in ihre Haut, ritze ihre Narben auf, und dann schneide ich in ihre Halsschlagader, schneide ihr mit seinem Skalpell die Seite entlang,

kalt wird die Klinge sein, und weh wird es ihr tun, Schmerzen, wie sie sie niemals kannte, sie wird nicht schreien können, stumm wird sie sein, weil ihre Zunge herausgeschnitten ist, und sie wird die Klinge tief in ihrem Fleisch spüren, wird sich wünschen, sie wäre nie geboren worden von der toten Mutter, war tot, selbst als sie noch am Leben war,
wird winseln wollen, dass ich sie am Leben lasse, für Steffen, wird sie winseln, er braucht mich doch,
nein, er braucht dich nicht, Natalia, hat mich, ich erlaube ihm die Dunkelheit und lasse ihn mit seinen Schatten spielen, mit all dem, das du ihm verwehrst,
kommst du?, ruft das Schwesterchen hinter dem Vorhang der Kabine hervor,
ich komme, sage ich, trällere in dieser anderen Stimme, und vor dem Vorhang hole ich tief Luft, auch ich kann mir ein aufgesetztes Lächeln auf die Lippen zaubern, wenn ich muss, wenn ich spiele, ist noch nicht entschieden, wer gewinnt.

Was meinst du?, fragt Natalia in ihrer Mädchenstimme, verletzte Stimme, die sich nicht sicher ist, und zupft an dem Kleid, streicht darüber, was meinst du, ist es das?,
ich gehe einen Schritt zurück,

das Schwesterchen tritt aus der Kabine, greift zu ihrem Zopfband, öffnet es, und lockig ihr weißes Haar, legt sich sanft über die Schultern,
schön, sage ich, ein schönes Kleid,
findest du?,
ja,
ich lüge nicht,
passt wie angegossen, passt, als wäre Natalia hineingenäht,
es steht dir,
findest du?,
ja, ich lüge nicht, sehe mir das Kleid genauer an, geblümte Spitze, die sich um den Ausschnitt schmiegt, kriecht in den Hals hinein bis in den Schädel und schnürt sich eng bis unterhalb der Brüste über das transparente Fischgrätenkorsett, Rippenknochen, sie stechen ins Fleisch, stechen durch die Spitze,
Natalia dreht sich zum großen Spiegel, sieht sich an, ehrliches Lächeln, wie ich es an ihr nur selten sah,
das ist es, oder?, fragt sie,
ich nicke, sage, nimm es, und spüre etwas Zartes, das sich in mir regt, die eigene Verletzlichkeit, nicht um Natalias willen, nein, nicht sie ist es, die ich im Spiegel sehe und in diesem Kleid, sehe eine andere, spricht zu mir mit ihrer sanften Stimme,
findest du?,

so schön, Henriette, du bist wunderschön,
nicht weinen, bitte, wenn du weinst, muss ich heulen,
war immer so,
war immer so,
bist eine schöne Frau geworden, ich vermisse dich,
und du bist immer noch mein Taggespenst,
heulst du?, fragt das Schwesterchen, du heulst, wie süß,
ich dachte nicht, dass ich Gefühle in dir wecke,
ich weine, ich kann nicht anders und umarme sie, kann durch all den Tüll und all die Spitze die Pusteblumen riechen und die Gräser auf der Lichtung, spüre den Windstoß, das Licht der Nachmittage, sehe die Sterne, die sich durch die Bretter zeigten, blickten wir nachts zum Himmel hoch,
hörten die Nachtigall, sie sang den Liebenden, singt uns immer noch, und streiche ich über die Spitze, ist es so, als befühlte ich das Holz des alten Hauses, brüchig, und doch gab es uns Geborgenheit, ich streichle über Henriettes Rücken, rieche in ihr Haar, küsse sie auf die Wange, so zart ist ihre Haut, so brüchig, mir schwindelt, und ich sage, ich liebe dich.

43

Den Weg über schweigend holen Natalia und ich Steffen von der Schule ab, wir warten, bis er zur Tür herauskommt und suchend in den Himmel blickt, dann zu uns sieht, sieht mich und richtet seinen Körper auf, läuft zu uns, will mich umarmen, doch er traut sich nicht,
worauf hast du Lust?, fragt Natalia und sagt mir, der Tag soll uns als Familie gehören,
Steffen überlegt, krault sich durch die blonden Locken,
ich weiß nicht, sagt er, sieht zu mir,
ich zwinkere ihm zu,
worauf du Lust hast, wiederholt Natalia, was auch immer du dir wünschst, wir machen es,
ich will zu Hilla, sagt er leise,
Hilla?, fragt das Schwesterchen, wer ist Hilla?,
Hilla, sagt Steffen, hat die beste Schokotorte, die ich je gegessen hab,
na dann, sagt Natalia,
na dann, sage ich,
Steffen greift nach meiner Hand,

ist es weit zu dieser Hilla?, fragt Natalia,
nicht weit, sagt Steffen, zieht mich zu sich, fragt, glaubst du, ist das Mama recht?, glaubst du, sie wird Hilla mögen?, und ich sage, wir werden sehen.

Dämmerlicht kriecht langsam in die Stadt, kriecht zwischen uns, Zeit hat plötzlich Eile zu vergehen, und je näher wir Hillas Zwischenort kommen, desto fester drückt Steffen meine Hand, desto schleichender sind seine Schritte, wollen sich der Dämmerung entgegensetzen, wollen rückwärts gehen,
auch ich spüre dieses Etwas, dem wir uns nähern, ist ein Etwas, das ich nicht deuten kann, ist mir fremd, sind nicht meine Schatten,
und Natalia sagt, dass ihr kalt ist, fragt, sind wir bald da?,
bald, sage ich,
nein, wir entkommen dem Etwas nicht, den Schatten, greifen nach uns, zwingen uns weiter, drängen das Schwesterchen mal links, mal rechts, lassen sie unvermutet innehalten, dann wieder ruckartig weitergehen,
ich bleibe stehen, ginge ich jetzt nach links, ich könnte sie zum Geschäft bringen, in die Welt hinter den schwarzen Molino,
könntest du,

ist nicht weit von hier,
könnte sagen, komm, Natalia, versöhn dich auch mit ihm, magst ihn doch,
das könntest du,
das könnte ich,
doch ich tue es nicht und biege nach rechts, dem Jungen und dem Schwesterchen voraus, um die nächste Ecke.

Schwaches Licht im Inneren des Zwischenorts, die Tür ist noch versperrt,
und jetzt?, fragt das Schwesterchen, haben wir den weiten Weg umsonst gemacht?,
auch Steffen ist enttäuscht, er zittert, ist nicht die Kälte, die ihn erschauern lässt,
wartet, sage ich und klopfe an eines der Fenster,
nichts regt sich, niemand ist zu sehen,
ich klopfe lauter, klopfe auch an ein anderes Fenster,
nichts,
niemand,
was, fragt Natalia, wenn wir woanders eine Torte essen?,
ist nicht so, als gäbe es nur dieses Lokal,
warte noch, sage ich, klopfe noch einmal,
das Schwesterchen stellt sich zu mir, schaut mit mir in das Innere des Zwischenorts, sieht schäbig aus, sagt sie, dreht sich zu Steffen, und da wolltest du mit uns hinein?,

aber, setzt Steffen an,
doch Natalia sagt, kommt, wir gehen, nimmt den Jungen an der Schulter, schickt mir einen unmissverständlichen Blick,
wer drängt hier so?, fragt Hilla laut,
Steffen lächelt, als er Hilla in der Türe sieht,
ihr drapiertes Haar zerzaust, die Lippen ungeschminkt, der rosa Lack an ihren Nägeln abgesplittert, sie sieht uns an, so, als würden Fremde vor ihr stehen, schaut von ihrer Welt in eine andere, eine, die vielleicht nicht existiert,
ist noch zu, sagt Hilla, sieht mich an, sieht nicht durch mich hindurch, erkennt mich langsam wieder, blickt hinter mich, sucht ihn, ich weiß es, kann es spüren, blickt links und rechts in die Gasse, sieht und spürt etwas, dieses Etwas, ich weiß, sie sieht und spürt Henriette zwischen uns.

Ist eigenartig hier, sagt Natalia, zieht sich den Mantel aus und setzt sich,
ist mir nicht recht, dass sie seinen Platz in Anspruch nimmt, seine Körperhülle,
die Frau ist eigenartig, der ganze Ort, hier stinkt es, ist das altes Schnitzelfett?, sie beugt sich zu mir, hast du ihn hier kennengelernt?, sagt, das würde zu euch passen,
ist mir nicht recht, dass ihr Geruch den seinen verdrängen wird und ihre Nägel in seine Kerben kratzen,

aber bitte, sagt das Schwesterchen, was ich meinem Jungen verspreche, halte ich,
der Junge steht an der Theke, während Hilla dahinter aus der Torte Stücke schneidet,
Natalia seufzt, sagt, wenigstens habe ich ein schönes Kleid,
wenigstens,
Steffen kommt mit einem Teller, Hilla ist dicht hinter ihm, stellt mit ihm die Teller ab, setzt sich, sagt dem Jungen, isst du brav auf, habe ich später ein Geschenk für dich,
sagt es nicht Steffen, sagt es in meine Richtung, ich spüre es, erahntes Etwas, das Erwartung weckt,
Natalia stochert in der Glasur,
und Steffen sticht mit der Gabel in die Torte, zerteilt sie Stück für Stück,
Hilla flüstert, ist es dir aufgefallen?, die Aquarelle, sie sind weg, heute habe ich sie abgenommen, ich dachte, heute ist der Tag dafür, liegt etwas in der Luft, spürst du es auch?, liegt ein Etwas in der Luft, und dieses Etwas hat dich zu mir geführt, heute, sagt sie und setzt nach, auch schon vor Wochen, erinnerst du dich?,
ich erinnere mich,
und jetzt?, frage ich und sehe mir die Leerstellen an den Wänden an,

warten, sagt Hilla, warten, sonst nichts.

Ich warte,
warte auf ihn,
warte, dass Hilla diese und eine nächste Zigarette geraucht hat,
warte, dass Steffen die Torte aufgegessen hat,
warte, dass Natalia an der Glasur erstickt,
und ich kratze in den Tisch, bis meine Nägel brechen,
ich bin es leid zu warten, zischt es aus mir heraus, nicht in dieser anderen Stimme,
schweigt, die andere Stimme, hat genug gesagt,
hast mir genug geflüstert,

ich stehe auf,
sie sehen mich an, Steffen, das Schwesterchen, und auch Hilla,
Hillas Blick verändert sich, sie dämpft die Zigarette aus, verzieht den Mund zu keinem Lächeln, pass auf, Mädchen, sagt sie, schiebt sich vom Stuhl und stellt sich in den Raum, sagt ernst, ich kenne dich,
auch Natalia will etwas sagen,
doch als Hilla mit den Fingern schnippt, verstummt sie,
ist eingefroren im Moment,

auch Steffen rührt sich nicht, umschließt mit dem Mund ein Stück der Torte, verschlingt es nicht,
erneut schnippt Hilla mit den Fingern, schnippt den Raum in ein bläuliches Licht, erzählt von Kälte, erzählt von Eis, das plötzlich unter unseren Füßen ist, der türkiskalte See darunter, tief führt er in Dunkelheit, die schlummert,
hat Risse bekommen, sagt Hilla, hörst du das Eis?, es kracht, es wird sich spalten, Mädchen, pass auf deine Wünsche auf,
ich setze mich,
so ist's gut, sagt Hilla, schnippt noch einmal, schnippt neue Bilder an die Wand, schau hin, Mädchen, und folge deinen Spuren,
und ich sehe mir die Bilder an, eines nach dem anderen, zarte Winterlandschaft ruht in jedem Bild, weißer Himmel und weißer Schnee, Winterlandschaft, wie er sie malte, als ich bei ihm war und meine Geschichte in Splittern erzählte, meine Monster unter dem Bett hervorgeholt,
geh den Weg, sagt Hilla, wenn du dir sicher bist,
Fußspuren,
von Bild zu Bild nähern sich die Spuren dem Horizont, nähert sich das Taggespenst der dünnen Linie zwischen Himmel und Schnee,

und der Horizont bricht auf im letzten Bild, bricht grelles Licht aus ihm,
zieht mich hinein, und von einem Zwischenort in einen nächsten folge ich den eigenen Spuren, stapfe durch den Schnee, der knirscht, und ich sinke ein, mit jedem Schritt, mühevoll genommen, ein Stück tiefer, stemme mich gegen Wind und Schneeflocken in Richtung des Horizonts, in Richtung Licht, streckt sich vor mir aus, es blendet, doch verblendet nicht,
und ich schaue zurück, nur kurz, den Moment des Zweifelns lang, schaue in Hillas Zwischenort, liegt verschwommen hinter mir, der Tisch, die Kerben, der Junge und das Schwesterchen,
Hilla ist verschwunden, ihr Körper, ihre Stimme nicht, sagt, geh den Weg, wenn du dir sicher bist.

44

Licht, das seine Richtung ändert, wenn es auf mich trifft, das in mich dringen will und sich in mir in seine Teilchen spaltet,
ich mich mit ihm,
breche auf,
Teilchen um Teilchen,
werde dieses Licht,
es trägt mich,
bin das Licht,
nicht kalt, nicht warm,
trägt mich spürbar über eine vertraute Schwelle, begleitet von flüsterndem Vogelgesang,
Jasmingeruch und Kirschtabak ziehen mich weiter, führen mich durch das Licht, das langsam schwächer wird, und ich spüre, dass ich mich Teilchen um Teilchen erneut zusammensetze, spüre einen neuen Körper um mich herum entstehen, auch dieses Ich, das verloren schien, erwachen,
unter meinen Sohlen kracht es leise, und es zeichnen sich

kleine Risse, gleich einem Spinnennetz, auf die Eisfläche über dem türkiskalten See,
ich drehe mich um, ins letzte Licht, bevor der schwarze Molino es verschlucken kann,
die Tür fällt lautlos hinter mir ins Schloss,
ich kann Moder riechen, auch Chemie, sehe Staubpartikel, die mit jeder Bewegung durch die Luft gewirbelt sind,
die Regale leer, keine toten Tiere lauern mir,
nur die Krähe steht auf dem Tisch,
wartet,
sonst nichts,
und ein Lichtkegel lässt ihre Federn silbern glänzen,
komm näher,
seine Stimme ist es, die mich ins andere Zimmer lockt,
in unsere Schatzkiste,
komm näher, komm schon, sagt er, ich habe ein Geschenk für dich.

Ich stelle mich in die Tür, lehne mich an den Türrahmen, und mit meiner Berührung verwandelt er sich, Jasminblüten wachsen aus dem Holz, bedecken es, und ihr Duft betört, betört mich auch der Ausschnitt eines Sternenhimmels anstelle der Zimmerdecke über mir, erinnert mich an das Damals, das alte Haus, die Pusteblumen,
ich lächle, muss an Hilla denken,

ich passe auf meine Wünsche auf,
wieder kracht es unter meinen Sohlen, diesmal lauter, aber noch hält das Eis, zeigt mir die Sterne und mein Spiegelbild, zeigt mir auch unter seiner Oberfläche die Baumschatten, wie sie die Nachmittagssonne auf die Lichtung malte, wie ich zwischen ihnen huschte und mir gemeinsam mit Henriette die verkehrte Welt ersann,
es zieht mich unter diese Oberfläche,
ich widerstehe,
ich richte mich auf und hebe den Blick,
auch die Kisten sind verschwunden, stehen an ihrer statt nun Tierskelette, Hasen, Hamster, Eichhörnchen, eine Katze, ein Hund, kleine Vögel, größere, aufgereiht in den Regalen, warten, links und rechts,
komm näher, sagt er,
neben ihm sitzt Steffen, sitzt auf einer Kiste, schiebt sich ein Stück Torte in den Mund, kritzelt in ein Heft, ein neues Heft, hat Platz für neue Monster,
Monster, manchmal ruft man sie sich erst herbei,
und ich gehe auf ihn zu, gehe an den Skeletten vorbei, sie behalten mich im Blick,
Steffen sieht mich nicht, verschlingt die Torte, zeichnet in das Heft, flüstert kauend, stirb, stirb,
und als ich bei ihm stehe, haucht er mir einen Wangenkuss, dann nimmt er meine Hand, befühlt meine Finger,

jeden einzeln, lässt sich damit Zeit, sagt, du bist nicht nachdenklich, sie flattern nicht,
nein, sage ich, sie flattern nicht, und frage, mein Geschenk?,
und er sagt, dass mir Ungeduld nicht steht, wart's ab, du hast so lange gewartet, was machen ein paar Augenblicke mehr?, und will mich küssen,
der Junge?, frage ich,
keine Sorge, sagt er, Steffen sieht uns nicht, er sieht nichts von all dem, was passieren wird.

45

Im Kuss, der nach Zukunft schmeckt, halte ich die Augen geschlossen, spüre den Sternenhimmel über mir, weitet sich, dehnt sich aus, höre das Eis leise krachen, höre Jasminblütenblätter zu Boden fallen und mit dem Eis verschmelzen, im Kuss dreht er uns um, weg von Steffen und in den Raum hinein, ein kalter Luftzug streift mich, und ich spüre, dass uns die Nacht umschließt,
mach die Augen auf, sagt er,
die Wände um uns herum sind verschwunden, die Regale mit den Tierskeletten nicht,
Sternenhimmel überall, scheint unendlich und doch zum Greifen nah,
schwarzer Molino, zerrissen,
bereit für dein Geschenk?, fragt er,
bereit,
und er tritt zur Seite, hält immer noch meine Hand,
ich lache, muss lachen, als ich Natalia ausgestreckt auf dem Metalltisch sehe, bewegt sich nicht, liegt nackt auf Tüll, auf Spitze, auf Teilen ihres Hochzeitskleides,

zerrissen,
wartet,
sonst nichts,
ich gehe auf sie zu, ziehe ihn das Stück mit mir, bis meine Hand der seinen entgleitet,
sie atmet schwach, doch hektisch, und ihre Augen sind in ständiger Bewegung, Angst in ihrem Blick, der begreifen will,
als ich mich über sie beuge, erkennt sie mich, schnappt nach Luft, und ich merke, dass sie sich bewegen will, sie kann nicht, auch wenn sie es noch so angestrengt versucht, merke, dass sie zu mir sprechen will,
sie kann nicht,
ich streichle ihr sanft über die Wange, streiche ihr den Arm entlang,
sie zittert,
nicht mehr lange, halte noch ein bisschen durch,
streiche auch über ihre Narben,
ist lange her, dass ich sie sah, ist das erste Mal, dass ich sie berühre,
wunderschön,
ich lege meine Hand über einen der langen Schnitte, er durchkreuzt ihren Unterleib, ich spüre ihre Haut, ist spröde, spüre ihren Atem, ihre Angst, und versuche in ihre Wunde zu spüren, in ihre Verletzlichkeit, doch es

gelingt mir nicht, und ich drehe mich zu Steffen, er ist in seine Welt versunken, sieht uns nicht, sieht nichts von alledem,
spielt mit dem Rattenschädel, hast dich, flüstert er, mit den falschen Tieren angelegt,
ich flüstere Natalia, wir werden uns um Steffen kümmern, für den Jungen würde ich alles tun,
wieder schnappt das Schwesterchen nach Luft,
selbst aus der Distanz kann ich ihr Herz schlagen hören, schlägt laut aus Wut heraus,
letzte Augenblicke,
wein nicht, Schwesterchen, sage ich und wische ihr die Tränen weg, kullern seitlich über die Wangen, saugen sich in den Tüll, willst doch hübsch sein an der Oberfläche?

Bereit?, fragt er und kommt zum Tisch, stellt sich mir gegenüber, sagt, du musst mir helfen, ein Mensch ist kein Eichhörnchen, auch keine Krähe, bei einem Menschen brauche ich ein paar Hände mehr,
ich lege den Kopf in den Nacken, sehe zu den Sternen, ihr ruheloses Funkeln tröstet mich, und ich frage, ist das ein Himmel, auf dem du malen kannst?,
ist es, sagt er, jeden Himmel bemale ich dir, und er nimmt einen Pinsel in die Hand, zu einer Spitze geformtes Marderhaar, legt den Pinsel seitlich an Natalias Hals,

die Berührung lässt sie zusammenzucken,
er sagt, wir schneiden sie an den Seiten auf, links und rechts ein langer Schnitt, so können wir vorne und hinten präzise die Haut abziehen, was meinst du?,
gut, sage ich, frage lächelnd, was meinst du, mein Schwesterchen?,
und Natalia versucht sich zu bewegen, versucht den Körper anzuheben, öffnet ihren Mund,
ich mag, dass sie einmal nichts sagen kann, mag die Stille, in der sie sich windet, ich beuge mich zu ihr, nah an ihr Ohr, ich weiß, warum du Henriette gestoßen hast, sage ich, es war nicht, weil du dich geschämt hast für die kleine Schwester, es war, weil du von unserer Liebe kosten wolltest, und ich sehe zu ihm, muss zu ihm sehen,
er wartet, der Pinsel immer noch an Natalias Hals,
bald schon werde ich ihm meinen Namen flüstern, er weiß es,
letzte Augenblicke, die nur ihm und mir gehören,
ich schnippe,
lasse die Regale verschwinden, die Tierskelette,
schnippe noch einmal,
lasse Steffen verschwinden, zaubere ihn in seine Welt.

Hast du dir eine Geschichte überlegt?, fragt er,

ich nicke,
gut, sagt er, erzähl sie mir,
und während ich meine Geschichte erzähle,
es war einmal,
beobachte ich, wie er mit dem Pinsel tief in Natalias Haut sticht,
Monster,
ritzt in einem präzisen Schnitt ihre Seite entlang,
Schatten,
ein leiser Schrei dringt aus Natalia,
Taggespenst,
ist vielleicht ihre Schuld, die sie zu der meinen machte,
die ich an ihrer statt so lange mit mir trug,
ich,
verdrängt, vergessen,
Taggespenst lässt seine Schatten los, macht das Unsichtbare sichtbar,
die Krähe setzt zum Flug an und steigt in den Himmel,
steigt hoch, höher,
und Blut läuft in dünnen Linien links und rechts aus der Wunde, tropft auf die Spitze, vermengt sich mit den Tränen im Tüll,
Natalia schickt mir ihren letzten Augenblick, sie schließt die Augen, atmet nicht,
die Krähe malt dem Himmel ein weißes Kleid,

und meine Hand folgt seiner Bewegung, folgt dem Schnitt, tief an Hals, am Arm, entlang des Oberkörpers und der Beine, dann kommt er die Seite wechselnd zu mir, ich bin ihm nah, Jasmingeruch und Kirschtabak, ich lege meine Hand auf die seine, drücke sie hinunter, und die Pinselspitze drückt sich in die Haut, und gemeinsam ziehen wir den Schnitt, den langen Schnitt, der Natalia spaltet, der dieses Etwas aus ihr befreit,
das Kleid zerrissen und erneut zusammengenäht,
Risse zählen,
dann ist Stille,
und angehalten ist der Moment,
das Schwesterchen,
ihr Lächeln eingefroren, auch der ausgestreckte Arm in einem Moment, der vielleicht einmal Bedeutung hatte,
es war einmal,
auch er,
auch ich,
hörst du es krachen?, frage ich ihn, hörst du das Eis?,
ich höre es, sagt er,
es bricht.

46

Bricht, gleitet auseinander, ich sinke in den See, versinke langsam, nähere mich dem Dämmerlicht, diesem Schleier, der die Dunkelheit umhüllt, Dunkelheit, die auf dem Grund des Sees wartet, wartet die Rückseite eines Polaroids, in der ich mich spiegle, Mädchen, das ich war, zeigt mir das Unsichtbare sichtbar, zeigt mir Totes lebendig gemacht,
Kinderstimmen, lachen, seufzen, kommen näher, entfernen sich,
auch Mutters Stimme, fragt mich, was ich nach der Schule treibe, zieht eine Augenbraue hoch, fragt, und mit wem?,
ich sinke tiefer, es umhüllt mich der Schleier des Dämmerlichts,
es riecht nach Schnee an einem Sommerregentag,
es riecht nach der Holzwolle, die in Natalia steckt,
in meiner Schatzkiste versperrt und auf ein Stück Papier skizziert,
Lichtspuren,

schwarzer Regenbogen,
Henriette, hörst du mich?,
und die Pfote legt sich auf meine Schulter, kratzt mir Risse in die Oberfläche, ich spüre seinen ersten Kuss, auch das erste Mal, als er in mich drang,
tauche von Zwischenort zu Zwischenort,
und dunkles Nichts umfängt mich und lässt mich träumen.

Im Erwachen ein leiser Schrei, es ist mein eigener, den ich der Dunkelheit schicke, dem schmucklosen Holz, das mich umgibt,
ich weiß nicht, wie lange ich geschlafen habe, traumlos nicht,
Traum, der mich in den See zog, tief in seinen Abgrund,
fallen,
fliegen,
ich spüre Stille in mir, den Sternenhimmel, spüre dieses Glücksgefühl,
er liegt neben mir,
Schatten, der mich im Arm hält,
liebevoll umschlossen,
nicht erdrückt,
riecht nach Winter,
sein Atem flach, doch schläft er nicht,

wartet,
ich lege meine Hand auf seine Narbe, streiche mit dem Finger darüber,
wir bewegen uns nicht, sagt er, bewegen uns lediglich in unseren Narben, und unsere Wunden heilen nicht,
ich schließe die Augen, höre sein Herz klopfen,
in mir ist kein Herz,
pocht anstelle meines Herzens eine Zukunft, noch unbestimmt,
der Engelsflügel flattert,
Monster, Schatten, Taggespenster,
Wunden heilen, sage ich,
sagst du mir deinen Namen?, fragt er,
ja, sage ich, beuge mich zu ihm,
er lacht, vielleicht war es doch nur ein Spiel,
ich sage,
lüge, lüge nicht,
war kein Spiel, ist vielleicht Liebe.

Danksagung

Herzlichst möchte ich mich bei jenen bedanken, Wächter und Wächterinnen des Tages und der Nacht, die mich während der Arbeit an dieser Geschichte begleitet und unterstützt haben.

Mein Dank richtet sich auch an die Kunstabteilung des Bundeskanzleramts für die Gewährung eines Arbeitsstipendiums und explizit an Eduard Winter von der pathologisch-anatomischen Sammlung im Narrenturm und Robert Illek von der Zoologischen Hauptpräparation des Naturhistorischen Museums Wien.